Tartarin sulle Alpi

Traduzione di Alfredo Bifulco

Anno di pubblicazione: *1932*
Prima edizione ebook: *Novembre 2015*
Editing: *Fabrizio Accadia*
Realizzazione grafica: *Quick Ebook*
A cura di: *Vecchie Letture* – Roma
ISBN-13: 978-1518893995
ISBN-10: 1518893996

Nel testo di questo ebook potreste trovare parole come
"sovratutto", "traccie", "intiero" e molte altre
che ai nostri giorni sono divenute obsolete ed accantonate
oppure sono state modernizzate.
Non si tratta perciò di errori ma parte integrante del testo,
come è stato scritto in origine.

TARTARIN SULLE ALPI

Sommario

I. 1
II. 15
III. 33
IV. 45
V. 59
VI. 67
VII. 83
VIII. 93
IX. 105
X. 115
XI. 129
XII. 143
XIII. 159
XIV. 171

I.

Apparizione sul Righi-Kulm. — Chi sarà mai? — Quel che si dice intorno ad una tavola di seicento commensali. — Riso e conserva. — Una festa da ballo improvvisata. — L'incognito scrive il proprio nome sul registro dell'albergo. — P. C. A.

Il 10 di agosto 1880, nell'ora leggendaria di quel tramonto del sole sulle Alpi, tanto strombettato dalle Guide Joanne e Bædeker, una nebbia gialla e fitta da tagliarsi col coltello, complicata da una bufera di neve che veniva giù in raffiche bianchicce, avvolgeva la cima del Righi *(Regina montium)* e quell'albergo colossale, strano a vedere in mezzo all'arido paesaggio della montagna: quel Righi-Kulm, tutto vetri come un osservatorio, massiccio come una fortezza, dove passano un giorno e una notte i turisti che professano il culto del sole.

Mentre aspettavano il secondo segnale del pranzo, gl'inquilini dell'immenso e fastoso caravanserraglio tappati su in cima nelle camere, o distesi languidamente sui divani dei saloni di lettura nel tepore umidiccio dei caloriferi accesi, contemplavano — in mancanza delle meraviglie promesse dalla Guida — turbinare per aria le piccole farfalle bianche ed accendersi nella scalinata esterna le grandi lampade coi vetri doppi che stridevano nelle cerniere a ogni colpo di vento.

Arrampicarsi lassù in cima, arrivare dalle quattro parti del mondo, per non vedere altro!… O Bædeker!…

Tutto a un tratto, qualche cosa apparve fuori dalla nebbia, avanzandosi verso l'albergo, con un tintinnìo di ferramenta e con una esagerazione di movimenti cagionata da bizzarri accessori.

A venti passi di distanza, attraverso la neve, i viaggiatori oziosi col naso schiacciato contro i vetri delle finestre e le *misses* dalle testoline curiose pettinate alla mascolina, presero l'apparizione prima per una vacca smarrita, poi per uno stagnaio ambulante carico de' suoi utensili.

Quando fu a dieci passi, l'apparizione mutò di nuovo figura, e fece vedere la balestra a spalla e il morione a visiera calata d'un arciere medievale, più inverosimile ancora da incontrare su quelle montagne che una vacca o uno stagnaio.

A piè della scalinata l'arciere prese la forma definitiva d'un omaccione grosso, tozzo, robusto, che si fermava per tirare il fiato e scuotere la neve dalle ghette gialle come il suo berretto, e dalle pieghe del passamontagna di lana a maglia, che della sua larga faccia lasciava vedere soltanto qualche cespuglio di barba pepe e sale e gli occhiali enormi, verdi e convessi come due lenti da stereoscopio.

Un piccone, un *alpenstock,* un sacco sulle spalle, una matassa di corda ad armacollo, raffi ed uncini di ferro appesi alla cintura d'una giacchetta inglese a larghe falde, integravano il vestiario di quel perfetto alpinista.

Sulle cime desolate del Monte Bianco e del Finsteraarhorn, quella tenuta di scalata sarebbe parsa naturale; ma sul Righi-Kulm, a due passi dalla ferrovia!…

L'Alpinista, è vero, veniva dalla parte opposta alla stazione, e lo stato della sua calzatura faceva testimonianza d'una lunga marcia tra il fango e la neve.

Per un momento restò lì a guardare l'albergo e le sue vicinanze, come stupefatto di trovare a duemila metri sul livello del mare un fabbricato di quella importanza, con gallerie a vetri, portici, sette piani di finestre, e la scalinata d'ingresso fiancheggiata da due file di pentoloni splendenti, che davano a quel culmine di montagna l'aspetto della piazza dell'*Opéra* in una sera d'inverno.

Ma per quanto si mostrasse egli sorpreso, i viaggiatori dell'albergo erano di certo più sorpresi di lui; e quando penetrò nell'immenso vestibolo, ci fu uno spingersi di curiosi alle porte di tutte le sale... giuocatori di biliardo con la stecca sotto il braccio, lettori col giornale aperto, in mano, signore col libro o col lavoro... mentre in fondo, nella semi oscurità della scala, le teste si spenzolavano di sulla ringhiera, fra le corde di ferro dell'ascensore.

L'uomo parlò con una voce sonora, rimbombante, di basso profondo meridionale, che fece l'effetto di un campanone:

— Corpo di di...ndirindina!... Che accidente di giornata!...

E subito dopo si fermò, si levò il berretto e gli occhiali.

Soffocava!...

Lo splendore dei lumi, il calore del gas, e quello dei caloriferi, a contrasto col freddo buio del di fuori; poi quell'aspetto sontuoso, i soffitti alti, i portieri gallonati, col *Regina montium* a lettere d'oro sui berretti da ammiraglio, e le cravatte bianche dei maggiordomi, e il battaglione delle cameriere svizzere col costume nazionale accorse al primo colpo di campanello, tutto quest'insieme lo sbalordì per un minuto secondo... ma per uno solo.

Capì che tutti lo guardavano, e in un batter d'occhio ritrovò il suo sangue freddo, come un attore dinanzi al teatro pieno.

— Il signore desidera?...

Era il direttore che lo interrogava a denti stretti; un direttore molto elegante, giacchetta a righe, fedine all'inglese... una testa di sarto per signora.

L'Alpinista, senza scomporsi, domandò una camera «ma dico, una camerina a garbo, eh?...», trattando quel direttore maestoso come se fosse stato un vecchio compagno di scuola.

Ma, per esempio, fu lì lì per andar sulle furie, quando la cameriera svizzera, che si avanzò col candeliere in mano, tutta rigida col suo corpetto a ricami d'oro e le sue maniche di tulle a sgonfi, s'informò se il signore desiderava prendere l'ascensore. Se gli avessero proposto di commettere un delitto, quasi quasi se ne sarebbe offeso di meno.

— L'ascensore a me... a me!...

E il suo grido e il suo gesto scossero tutte le ferramenta che aveva addosso.

Poi, raddolcito subito, disse alla ragazza con l'intonazione più carezzosa: «*Pedibusse calcantibusse*, bella trottolina» e cominciò a salire dietro a lei, pigliando tutta la larghezza della scala col groppone carico, forzando la gente a scansarsi sul suo passaggio, mentre in tutto l'albergo correva un lungo mormorio, un continuo domandare: «Che rob'è costui?...», sussurrato nelle diverse lingue delle quattro parti del mondo. Ma suonò la seconda chiamata del pranzo, e nessuno si occupò più di quel personaggio straordinario.

Un vero spettacolo, quella sala da pranzo del Righi-Kulm.

Seicento coperti intorno ad una immensa tavola a ferro di cavallo, nel mezzo della quale le coppe di cristallo piene di *riso in bianco* e di *conserva di prugne* si alternavano in lunghe file coi vasi di piante verdeggianti e riflettevano nella loro salsa chiara o scura le fiammelle diritte dei lampadari e le dorature del soffitto a cassettoni.

Come in tutte le *tavole rotonde* della Svizzera quel riso e quella conserva dividevano la mensa in due partiti rivali; e facendo solamente attenzione alle occhiate di disprezzo o di simpatia rivolte alle coppe di cristallo, c'era da indovinare a colpo sicuro a qual partito era ascritto ciascuno dei convitati.

I *Risini* si riconoscevano al pallore della faccia, i *Conservisti* alle gote rosse infiammate.

Quella sera i *Conservisti* erano in maggioranza, e contavano inoltre fra loro i personaggi più importanti, celebrità europee, come il grande storiografo Astier-Réhu, dell'Accademia di Francia; il barone di Stoltz, vecchio diplomatico austro-ungherese, lord Chipendale (?), un membro del Jockey-Club con la sua nipotina (hum, hum!...), l'illustre dottore professore Schwanthaler dell'Università di Bonn, e un generale peruviano con le sue otto figliuole.

I Risini non potevano contrapporre nel loro elenco altri artisti di cartello che un senatore belga con la sua famiglia, la signora Schwanthaler moglie del professore, e un tenore còrso reduce dalla Russia che metteva in mostra sulla tovaglia i bottoni dei polsini grandi come scodelle.

Era di certo quella doppia corrente in opposizione che creava l'imbarazzo e il sussiego a tavola. Come si potrebbe spiegare altrimenti il silenzio di quelle seicento persone, superbiose, accigliate, diffidenti, e il sovrano disprezzo che si dimostravano reciprocamente?... Un osservatore superficiale lo avrebbe forse attribuito allo stupido rigorismo anglosassone, che in questo momento e in tutti i paesi dà il tono alle riunioni di viaggiatori.

Ma no... esseri con faccia umana non possono arrivare a detestarsi così a prima vista; a mostrar l'un per l'altro tanto disprezzo con la bocca, col naso, con gli occhi, solamente per mancanza della formalità di presentazione. Ci dev'essere qualche cosa di più.

Riso e conserva, ve lo dico io. Avrete così la spiegazione del cupo silenzio dominante in quel pranzo del Righi-Kulm, che per il numero e la qualità internazionale dei convitati avrebbe dovuto essere animato e tumultuoso come uno si figurerebbe un banchetto a piè della Torre di Babele.

L'Alpinista entrò, un po' turbato dinanzi a quel refettorio di certosini in penitenza, sotto le lumiere fiammeggianti; tossì rumorosamente senza che nessuno gli badasse e prese il suo posto di ultimo arrivato in fondo alla tavola. Adesso, sbarazzato di tutto il suo armamento, era un viaggiatore come un altro; pareva anzi più amabile di tutti, calvo, con la pancetta discreta, con la barba folta ed a punta, il naso maestoso, e le sopracciglia arruffate e feroci sopra due occhi da buon figliuolo.

Era Risino o Conservista? Nessuno ancora lo sapeva.

Appena seduto si agitò inquieto, e di sbalzo lasciò il suo posto, dicendo forte tutto spaventato: «Giurabbrio... una corrente d'aria!...», e si slanciò verso una sedia vuota appoggiata con la spalliera alla tovaglia verso il mezzo della tavola.

Una cameriera svizzera — questa era del cantone d'Uri, pettorina bianca, catenella d'argento — lo fermò di punto in bianco:

— Scusi — disse — è posto preso...

Allora dal posto accanto, una ragazza di cui non vedeva altro che la Capigliatura di riccioli biondi rialzati sulla nuca bianca come neve intatta, disse senza voltarsi e con pronuncia forestiera:

— No... posto libero... mio fratello è malato e non viene a pranzo.

— Malato?... — domandò l'Alpinista mettendosi a sedere, tutto: premuroso, quasi affettuosamente — Malato?... Niente di serio, presempio?...

Lui pronunziava presempio invece di per esempio, e questa parola ritornava spesso in ogni sua frase, insieme ad altri riempitivi parassiti: eh! chéh! to'! via! gua'! ecco! insomma dunque! e viceversa poi! e differentemente!... tutte parole che sottolineavano ancora di più il suo accento meridionale, uggioso di sicuro alla ragazza bionda, perché ella non rispose, altro che con uno sguardo glaciale a riflessi turchini quasi neri... il turchino dell'abisso.

Nemmeno il commensale di destra si mostrava troppo incoraggiante.

Era il tenore còrso, un pezzo d'uomo dalla fronte bassa, dall'occhio untuoso, con certi baffi da capitan Spaventa che si arricciava spesso con un dito furibondo, da che l'intromissione del nuovo arrivato lo aveva separato dalla graziosa vicina.

Ma il buon Alpinista aveva l'abitudine di parlare mangiando: cosa necessaria alla sua salute.

— Gua'!... che bei bottoni! — disse a se medesimo, ma ad alta voce, sbirciando i polsini del tenore. — Note di musica incrostate nel diaspro.... sono d'un effetto grazioso.

La sua voce metallica risonava in quel silenzio senza suscitare nessun'eco.

— Lei dev'essere un cantante, eh?
— Non capisco... — borbottò il tenore nei baffi.

Per cinque minuti l'amico si rassegnò a masticare zitto zitto; ma i bocconi gli restavano per la gola. Finalmente si accorse che il diplomatico austro-ungherese seduto in faccia a lui si sforzava inutilmente di arrivare alla mostardiera con le sue vecchie mani infreddolite, infilate nei mezzi guanti, e gli sporse la mostarda con molta buona maniera, dicendo: «ai suoi comandi, signor barone», perché aveva sentito dargli cotesto titolo. Per disgrazia il povero barone di Stoltz, malgrado la fisionomia furba e spiritosa acquistata negli indovinelli diplomatici, aveva smarrito da un pezzo le parole e le idee, e viaggiava in montagna specialmente per ritrovarle. Aprì gli occhi imbambolati verso quella faccia ignota, e li richiuse subito senza dir nulla. Ci sarebbero voluti dieci vecchi diplomatici della sua forza intellettuale per trovare in comune una formula di ringraziamento.

A quel nuovo *fiasco*, l'Alpinista fece una boccaccia terribile, e il modo violento con cui ghermì la bottiglia del vino avrebbe potuto far credere che se ne volesse servire per finir di rompere la testa al vecchio diplomatico. Niente affatto. Era per offrire da bere alla ragazza bionda, che non se ne accorse, impegnata com'era in una conversazione a mezza voce, in un cinguettìo dolce e vivace in lingua straniera, con due giovinotti seduti vicino a lei. Si chinava verso di loro, parlava animatamente. I suoi riccioli biondi si vedevano brillare alla luce dei lampadari, sopra un orecchio piccolo, trasparente e roseo. Polacca, Russa, Norvegese?... Uhm! chi sa!... ma del settentrione di certo. E a quest'idea, tornandogli in mente una canzoncina del suo paese, l'Alpinista del mezzogiorno si mise tranquillamente a cantarellare:

Contessa mia, dalla pupilla intenta,
Stella polare nel del dell'amor,
Che la neve co' suoi fiocchi inargenta
E il sol ricinge di un'aureola d'or...

Tutta la tavola volse gli occhi verso di lui. Si credè che diventasse pazzo all'improvviso. Arrossì, chinò la testa chiotto chiotto sul suo piatto, e non la rialzò che per respingere stizzosamente una delle maledette coppe di cristallo che gli veniva presentata:

— Prugne?... sempre prugne?... ma neanco se morissi di fame!...

Era troppo!... Ci fu un gran dimenìo di seggiole. L'accademico, lord Chipendale (?), il professore di Bonn e qualche altra notabilità del partito, si alzavano e abbandonavano la sala, per protestare.

I *Risini*, quasi nel medesimo tempo, fecero altrettanto, vedendolo rifiutare con la stessa vivacità la seconda coppa di cristallo.

Né *Risino* né *Conservista*?... Ma che razza di opinione aveva dunque?...

Tutti si ritirarono; e fu uno spettacolo agghiacciante quella sfilata silenziosa di nasi arricciati, di bocche torte e disdegnose, dinanzi allo sciagurato che rimase solo, nella vasta sala da pranzo illuminata a giorno, a fare una giratina nel piatto con la midolla del pane, all'uso del suo paese, curvo sotto il disprezzo universale.

Amici cari, non bisogna mai disprezzare nessuno. Il disprezzo è l'arme dei villani rifatti, dei vanagloriosi, dei bruti e degl'imbecilli; la maschera dietro alla quale si nasconde spesso là nullità, qualche volta la furfanteria, e che dispensa dall'avere un po' di criterio e un po' di bontà. Tutti i gobbi sono sprezzanti, tutti i nasi storti si arricciano nauseati quando incontrano un naso diritto.

Il buon Alpinista le sapeva, queste cose. Aveva da qualche anno oltrepassata la quarantina — quel pianerottolo del quarto piano dove l'uomo trova e raccatta la chiave magica che gli apre la porta della vita e gli fa vedere la noiosa monotonia di tutte quelle stanze una dentro l'altra — conosceva il proprio valore, era persuaso dell'importanza della sua missione e del gran nome che portava; per conseguenza l'opinione di cotesta gente non gli importava proprio nulla. Sarebbe bastato che si facesse conoscere, che gridasse: «sono io» per trasformare in supine adulazioni tutte quelle smorfie sprezzanti... ma si divertiva a conservare l'incognito.

Soffriva solamente di non poter parlare, far del chiasso, rivelarsi, espandersi, stringere delle mani, appoggiarsi familiarmente a qualche spalla, dar del tu a qualcheduno. Ecco quel che lo metteva di malumore al Righi-Kulm.

Oh!... soprattutto gli dava noia di stare zitto!...

— Ci piglierò la pipita, di sicuro!... — pensava fra sé il povero diavolo, vagando nell'albergo, senza saper che cosa fare.

Entrò nel caffè, vasto e deserto come un tempio protestante in un giorno di lavoro; chiamò il cameriere «mio caro amico», e ordinò un moka amaro; e poiché quell'imbecille non domandava: «O perché senza zucchero?...» l'Alpinista ci aggiunse di suo:

«È un'abitudine che ho presa in Algeria al tempo delle mie grandi cacce!».

E poco mancò che non incominciasse a raccontare le sue cacce; ma l'altro era già spulzzato via, con quegli scarpini di fantasma, per correre da lord Chipendale che stava lungo sdraiato sul divano, e gridava con un vocione cupo: «Siampègna... Siampègna...» Il turacciolo della bottiglia saltò in aria con la solita esplosione stupida che rallegra i pranzi di nozze alla trattoria; poi, subito dopo non si sentì più niente, altro che le raffiche del vento nel camino, monumentale, e il crepitìo minuto del nevischio contro i vetri.

Lugubre anche il salone di lettura, con tutti i giornali impegnati e le centinaia di teste chine intorno alle grandi tavole verdi, sotto la luce dei riflettori. Di tanto in tanto uno sbadiglio sonoro, un colpo di tosse, un fruscio di carta spiegata; e torreggiaci in quella quiete di sala di studio, ritti, immobili, con le spalle al calorifero, solenni tutti e due, e tutti e due spiranti lo stesso puzzo di rinchiuso, i due pontefici della storia ufficiale, Schwanthaler e Astier-Réhu, che una singolare fatalità ravvicinava sulla cima del Righi, dopo trent'anni che si ingiuriavano e si laceravano nelle note esplicative, chiamandosi l'un l'altro: «Schwanthaler l'ignorante, *vir ineptissimus* Astier-Réhu».

Si capisce subito l'accoglienza che ebbe l'affabilissimo Alpinista, quando si avanzò con una sedia per attaccar un discorso istruttivo con uno di loro, al canto del fuoco. Dalle sommità di quelle due cariatidi si rovesciò improvvisamente sopra di lui una corrente gelata, proprio di quelle che gli mettevano tanta paura. Si alzò, fece un giro nella sala così per non parere imbarazzato come per riscaldarsi, e aprì lo scaffale dei libri. C'era qualche romanzo inglese; qualche Bibbia pesante; qualche volume scompagnato del Club Alpino Svizzero. Prese uno di quei libri per portarselo in camera e leggerlo a letto; ma lo dovette lasciare alla porta, non permettendo il regolamento di far passare la biblioteca nelle camere.

Allora, seguitando a gironzolare, aprì l'uscio del biliardo, dove il celebre tenore giuocava solo e dava una rappresentazione di polsini e di atteggiamenti per richiamare gli sguardi della bella bionda, che stava seduta sul divano, framezzo ai due giovanotti ai quali leggeva una lettera. Vedendo entrare l'Alpinista, la ragazza interruppe la lettura; e uno dei due giovani, il più alto, una specie di *moujik* dalla testa di *uomo-cane*, dalle zampe pelose e dai lunghi capelli neri lisci e steccoluti mescolati con la barba incolta, si alzò e venne avanti. Fece due passi verso il nuovo arrivato, e gli diede un'occhiata provocatrice, così ferocemente, che il buon Alpinista, senza aspettare altre spiegazioni, fece mezzo giro a destra, prudente e dignitoso.

— Viceversa poi, son poco socievoli nel settentrione... — disse a voce alta, e sbatacchiò l'uscio andando via, perché quel selvaggio capisse bene che non gli faceva paura.

Restava, ultimo rifugio, il salone... e ci entrò. Acci...derba!... La stanza mortuaria, creature!... la stanza mortuaria del Monte San Bernardo, dove i monaci espongono i cadaveri raccolti sotto la neve, nelle varie posizioni in cui la morte li ha congelati... Il salone del Righi-Kulm faceva la stessa figura.

Tutte le signore intirizzite, mute, sedevano a gruppi sui divani circolari; o isolate, scaraventate qua e là sulle poltrone; tutte le *misses* immobili vicino ai tavolini col lume sopra, tenendo ancora in mano *l'album*, il *magazine o* il lavoro che avevano quando furono sorprese dal freddo. E fra loro le figlie del generale, le otto peruviane con le facce di zafferano, le teste arruffate, i nastri a colori vivaci che portavano addosso, creanti una stonatura con le mezze tinte di lucertola delle mode inglesi; povere figliuole dei paesi caldi, che sarebbero state tanto carine a vederle sgambettare al sole sulla cima degli alberi di cocco, e che facevano più pena delle altre in quello stato di mutismo e di congelazione. In fondo alla stanza poi, il profilo macabro del vecchio diplomatico con le mani nei mezzi guanti, posate e come morte sui tasti del pianoforte, di cui aveva sul viso i riflessi giallognoli...

Tradito dalle forze e dalla memoria, perduto nel laberinto d'una polka di sua composizione, che interrompeva sempre allo stesso punto perché non sapeva ritrovare la *coda*, lo sventurato barone di Stoltz si era addormentato suonando... e con lui dormivano tutte le signore del Righi, dimenando nel sonno i ricciolini romantici, o le trine di quelle cuffie fatte sul modello dei pasticci di pasta sfoglia che le inglesi portano sempre, e che fanno parte del *codice di decenza* in viaggio.

L'ingresso dell'Alpinista non risvegliò nessuno, ed egli stesso cascava sopra un divano, vinto da quello scoraggiamento glaciale, quando ad un tratto un ritornello allegro e vigoroso echeggiò dal vestibolo, dove erano penetrati coi loro strumenti, arpa, clarinetto e violino, tre suonatori ambulanti, di quelli che frequentano le locande svizzere, con la faccia di accattone, e i soprabiti lunghi ciondoloni fra le gambe.

Alle prime note, l'amico saltò su in piedi, galvanizzato:

— Bravi, per brio!... Musica... musica!...

E via di corsa a spalancare le porte, a salutare i suonatori, offrendo loro dei bicchieri di sciampagna; e ubbriacandosi anche lui, senza bere, per effetto di quella musica che lo richiamava alla vita. Eccolo lì che fa il verso al clarinetto ed all'arpa, schiocca le dita come le nacchere, manda gli occhi da tutte le parti, e accenna una piroetta, con grandissima meraviglia dei viaggiatori accorsi di qua e di là a quel baccano. E subito dopo, al suono d'un *valzer* di Strauss che i suonatori mezzi brilli attaccano con una frenesia da zingari, l'Alpinista, vedendo apparire in sala la moglie del professore Schwanthaler — una tombolotta viennese, con un paio d'occhi furbi rimasti giovani sotto i capelli grigi — si slancia, l'acchiappa per la vita, e la fa girare come una trottola, urlando agli altri: «Ohè, via, coraggio… avanti… su il valzer, per brio!…».

Il ghiaccio si rompe. Tutto l'albergo dimora e precipita nel movimento, trascinato da quella spinta. Si balla nell'atrio, nel salone, intorno al tavolino verde della sala di lettura. Quel diavolo d'uomo ha messo l'argento vivo addosso a tutti.

Lui però non balla più, sfiatato dopo tre o quattro giri… ma dirige il ballo, sorveglia la musica, forma le coppie, spinge il professore di Bonn fra le braccia d'una vecchia inglese, e la più svelta delle peruvianine sullo stomaco del severo Astier-Réhu. Resistere è impossibile. Da quel terribile Alpinista si sprigionano certi effluvi che alleggeriscono e sollevano in alto. E via, e *to'*, e *guà!…* Al diavolo il disprezzo, al diavolo l'odio. Né Risini né Conservisti, tutti ballerini!…

La follia si propaga, monta agli altri piani; e nella gabbia della scala, sui pianerottoli, fino alle soffitte, si vedono girare le sottane pesanti e scolorite delle cameriere svizzere, che ballano come burattini sopra un organino di Germania.

Ah!… il vento può soffiare quanto vuole al di fuori, può scuotere i lampioni, far cigolare i fili del telegrafo, e far mulinare la neve in larghe spire sul culmine deserto.

Dentro c'è caldo, si sta bene, e si fa baccano tutta la notte.

— Viceversa poi… io me ne vado a letto… — mormora il buon Alpinista fra sé; da uomo prudente e nato in un paese dove si fa presto a riscaldarsi e poi presto ancora a raffreddarsi. Ridendo nella barba pepe e sale, l'amico sgattaiola fuor dell'uscio, e riesce a sfuggire alla Schwanthaler che dopo il primo valzer lo cerca sempre, lo ghermisce, e vorrebbe *ballir*, *danzir*, tutta la notte.

Piglia la sua chiave, la candela, sale e si ferma al primo piano, un minuto, per godersi l'opera sua e contemplare quella massa di mummie che ha obbligato a scuotersi e a dimenarsi.

Una camerieretta svizzera, ansante ancora per il ballo interrotto, si avvicina e gli presenta il registro della locanda e la penna.

— Oserei precare il signore di foler firmare suo nome...

Che si fa?... si conserva l'incognito o no?... Bah!... che importa!... Supponendo pure che la notizia del suo arrivo sul Righi giunga in patria, nessuno saprà che cosa è venuto a fare, lui, in Isvizzera. E poi sarà da ridere, domattina, lo stupore di tutti questi *inghilesi*, quando sapranno... perché quella ragazza non potrà stare zitta... Che sorpresa nell'albergo! che sbalordimento!...

— Come!... era lui!... proprio lui!...

Coteste riflessioni gli passarono per il cervello, rapide e vibranti come le note dell'orchestra.

Prese la penna, e con una certa negligenza pomposa, sotto i nomi di Astier-Réhu, di Schwanthaler e altre persone celebri, tracciò quel nome che li eclissava tutti... il suo... poi salì in camera, senza nemmeno voltarsi per vedere l'effetto che faceva... Ne era tanto sicuro!...

La ragazza dette un'occhiata al registro, e lesse:

TARTARIN DI TARASCONA

e più sotto:

P. C. A.

Lesse, la bella ragazza di Berna, e non rimase sorpresa

niente affatto. Non sapeva assolutamente che cosa P. C. A. significasse... e non aveva mai sentito parlare di un *Dardaren* purchessia.

Un'oca, guà!...

II.

Tarascona, cinque minuti di fermata. — Il Club delle Alpine. — Spiegazione del P. C. A. — Cavallo puro sangue e cavallo d'incrocio. — Questo e il mio testamento. — Il siroppo di cadavere. — Prima ascensione. — Tartarin mette fuori gli occhiali.

Quando quel nome di Tarascona echeggia come uno squillo di trombetta, lungo la linea della ferrovia *Paris-Lyon-Méditerranèe*, nell'azzurro tremolante e limpido del cielo di Provenza, molte teste curiose si affacciano agli sportelli dell'*express*, e di vagone in vagone i viaggiatori si ripetono: «Ah! ecco Tarascona... vediamo un po' Tarascona!...».

Eppure quello che si vede non esce punto dall'ordinario: una cittaduzza tranquilla, pulitina... molti tetti, qualche torricella, un ponte sul Rodano. Ma il sole tarasconese e i suoi prodigiosi effetti di miraggio, così fecondi di sorprese, d'invenzioni, di stravaganze; e quel popolino allegro, minuscolo come un cece, che riflette e condensa gl'istinti di tutto il mezzogiorno della Francia, vivace, irrequieto, chiacchierone, esagerato, comico, impressionabile: ecco quel che i viaggiatori del treno direttissimo cercano cogli occhi passando, e quel che spiega la popolarità del luogo.

Lo storiografo di Tarascona, in certe pagine memorande che la modestia non gli permette di designare più esplicitamente[1], ha tentato altra volta di dipingere la vita beata di quella piccola città, e la gloria de' suoi abitanti che

---

[1] L'autore qui allude all'altro suo libro, *Tartarin di Tarascona,* il primo della serie pubblicato nella stessa Collezione.

passano i giorni e le notti al circolo, cantando le loro canzonette — ognuno la sua — e in mancanza di selvaggina organizzando le più bizzarre cacce al berretto[2]. Poi, venuti i tempi della guerra, i tempi neri, ha narrato di Tarascona e della sua eroica difesa, e il terrapieno minato di torpedini, il Circolo e il Caffè del Teatro inespugnabili, e tutti gli abitanti inquadrati in Compagnie di volontari, con l'uniforme ricamata di stinchi e di teschi, le barbe lunghe, e una tal mostra di accette, di sciabole d'abbordaggio, di rivoltelle americane, che i disgraziati arrivavano a farsi paura l'uno con l'altro, e a non aver più coraggio di fermarsi in due per la strada.

Molti anni sono passati dalla guerra, molti calendari sono stati gettati sul fuoco; ma Tarascona non ha perduto la memoria; e rinunciando alle futili distrazioni di altri tempi, non ha più pensato ad altro che a farsi buon sangue e buoni muscoli in previsione della futura rivincita. Le società di Tiro a segno e di Ginnastica, fornite di uniformi, equipaggiate con fanfara e bandiera; le sale di scherma, di pugilato, di bastone; il podismo, le lotte a mano aperta fra persone del mondo elegante, hanno preso il posto della caccia al berretto e delle platoniche chiacchierate cinegetiche nella bottega dell'armaiuolo Costecalde.

E finalmente il Circolo, lo stesso vecchio Circolo, abiurando la calabresella e il tresette, si è trasformato in Club Alpino, sul modello del famoso *Alpine Club* di Londra, che ha sparso fino nelle Indie la fama de' suoi membri. Con questa differenza, però: che i Tarasconesi invece di lasciare la

---

[2] Ecco quello che si legge nel *Tartarin di Tarascona,* a proposito di questa caccia locale:

«Dopo una buona colazione all'aria aperta, ciascuno dei cacciatori prende il suo berretto, lo lancia in aria con tutte le sue forze e ci tira dentro a volo, con piombo da 5, da 6 o da 2, secondo le convenzioni. Chi colpisce più spesso il proprio berretto, è proclamato re della caccia, e la sera rientra in Tarascona da trionfatore, col berretto crivellato di colpi in cima al fucile, tra l'abbaiar dei cani e le note della fanfara».

patria per conquistare le cime dei monti stranieri, si sono contentati di quel che avevano sotto mano... o piuttosto sotto i piedi... in casa propria, alle porte della città.

Le Alpi a Tarascona?... No, signori... ma le *Alpine:* nome che dànno colaggiù a una catena di montagnette, profumate di timo e di spigonardo, né troppo aspre né troppo alte (150 o 200 metri sul livello del mare), che circondano come di un orizzonte di onde turchinicce le strade maestre provenzali, e che l'immaginazione paesana ha decorato di nomi favolosi e caratteristici: il *Monte orribile,* la *Fin del mondo*, il *Picco dei Giganti*...

È un divertimento stare a vedere, la domenica di buon'ora, i Tarasconesi in ghette, col piccone alla mano, lo zaino e la tenda in ispalla, partire con le trombette in capofila, per certe ascensioni di cui il *Fòro,* giornale locale, ammannisce poi il resoconto con un lusso descrittivo, con una esagerazione di epiteti: *abissi, voragini, crepacci, gole spaventose,* come se si trattasse di esplorazioni sull'Himalaya; ma pensate che è appunto in cotesti giuochi che i Tarasconesi hanno acquistato nuove forze, e ringagliardito quei *muscoli doppi,* in altri tempi specialità del solo Tartarin; del buono, del bravo, dell'eroico Tartarin.

Se Tarascona compendia il Mezzogiorno, Tartarin compendia Tarascona. Non è soltanto il primo cittadino, è l'anima, il genio della città, e ne porta in sé tutte le nobili e graziose debolezze. Tutti conoscono le sue prodezze antiche, i suoi trionfi di cantante (oh! il duetto del *Roberto il Diavolo* nella farmacia Bézuquet!), e la prodigiosa odissea delle sue cacce al leone, in seguito alle quali menò in patria quel superbo cammello, l'ultimo dei cammelli algerini, che morì, povera bestia, di lì a poco, grave d'anni e d'onori, e fu conservato (in ischeletro, s'intende) nel museo cittadino, fra le curiosità tarasconesi.

Tartarin è sempre quello!... Denti solidi, occhi eccellenti, malgrado i suoi cinquantanni; e la sua solita immaginazione straordinaria che ravvicina e ingrandisce gli oggetti più piccoli, con la potenza d'un telescopio. È rimasto quel tale di cui il bravo maggiore Bravida soleva dire: «È forte come un cavallo».

Come due cavalli, sarebbe stato meglio detto. Perché in Tartarin, come in ogni altro Tarasconese, c'è tutt'insieme l'indole e il temperamento del cavallo di razza nobile, e del cavallo incrociato... il puro sangue, e il... quarto di sangue. L'uno è il cavallo di battaglia, il cavallo da corsa, generoso, avventuroso, rompicollo; l'altro è il cavallo da bindolo, il cavallo da *ingegno,* casalingo, poltrone, fiacco; che ha una paura atroce della fatica, delle correnti d'aria, e di tutti gli accidenti che possono produrre la morte.

La prudenza, lo sappiamo, non impediva mai a Tartarin di mostrarsi valoroso, e magari eroico al bisogno... ma è permesso di domandare che cosa diavolo era venuto a fare sul Righi *(Regina montium)* alla sua età, dopo aver così bravamente conquistato il suo diritto al riposo e all'agiatezza.

L'infame Costecalde avrebbe solo potuto rispondere a una simile interrogazione.

Costecalde, armaiuolo di professione, rappresentava un tipo piuttosto raro a Tarascona. L'invidia, la bassa e scellerata invidia, riconoscibile alla brutta piega delle labbra sottili, e a quella specie di sfumatura giallognola che dal fegato risale sopra la faccia, turba e sfigura la sua fisionomia glabra e volgare, piena di cozzi e di intaccature come una medaglia antica di Tiberio o di Caracalla. L'invidia, in quell'armaiuolo, è una malattia vergognosa ch'egli non si dà neanco la pena di dissimulare; e con quella bella natura tarasconese che sempre trabocca e dà di fuori, gli accade tante volte di dire ingenuamente: «Se sapeste che male si sente!...».

Naturalmente il boia di Costecalde era Tartarin. Tutta quella gloria per un uomo solo!... Lui, sempre lui, per tutto lui!... E lentamente, alla sordina, come un tarlo penetrato nel legno dorato dell'idolo, sono circa vent'anni che addenta sotto sotto quella bella riputazione; e la morde, e la rode, e la scava... La sera, al Club, quando Tartarin raccontava le sue cacce del leone *all'aspetto,* le sue peregrinazioni nel gran deserto del Sahara, Costecalde aveva certi risolini senza parola, certi tentennamenti dubitosi di testa...

— Ma le pelli, non ostante, caro Costecalde... le pelli di leone che ci ha mandate e che sono là, nel salone del Club...

— To'... per dinci... O i pellicciai, credete che non ci siano anche in Algeria.?...

— Ma i buchi delle palle... tondi tondi, nella testa?...

— Scusate veh... al tempo della caccia ai berretti, non si trovavano forse dai nostri cappellai dei berretti bell'e impallinati e stracciati... per i tiratori che avevan più quattrini che occhio?

Certo, la vecchia fama di Tartarin, uccisore di belve, rimaneva sempre molto superiore a coteste insinuazioni; ma in lui l'Alpinista offriva presa a tutte le critiche; e Costecalde non si lasciava pregare, furibondo com'era che avessero eletto presidente del *Club Alpino* un uomo che l'età rendeva pesante, e che l'abitudine delle babbucce e delle vesti larghe, contratta in Algeria, predisponeva sempre più all'infingardaggine.

Infatti, di rado Tartarin prendeva parte alle ascensioni. Si contentava di accompagnarle coi suoi voti; e di leggere poi, in seduta plenaria, con certi sguardi da spauracchio e certe intonazioni da fare impallidire le signore, i racconti tragici delle spedizioni compiute.

Costecalde, al contrario, magro, nervoso — *zampa di gallo* come lo chiamavano — si arrampicava sempre il primo di tutti; aveva dato la scalata a tutte le Alpine, a una a una, per piantare sulle cime inaccessibili la bandiera del Club, la *Tarasca,* circondata di stelle d'argento. Eppure non era che vice presidente: V. P. C. A...! Ma lavorava sott'acqua per guisa che alle prossime elezioni, senza dubbio, Tartarin doveva saltare in aria.

Avvertito dai suoi fedeli amici, Bézuquet lo speziale, Excourbaniès e il bravo comandante Bravida, l'eroe fu vinto in principio da un profondo disgusto, da quell'amarezza che rivolta le anime belle di fronte all'ingratitudine e all'ingiustizia. Gli venne la tentazione di piantar là baracca e burattini, espatriare, passar il ponte, e andare a Beaucaire, presso i Volsci... Poi ritornò la calma.

Lasciare la sua casetta, il suo giardino, le sue care abitudini, rinunziare al suo seggio di Presidente del Club Alpino fondato da lui; e a quel maestoso P. C. A. che adornava e distingueva i suoi biglietti da visita, la sua carta da lettere, tutto... fino alla fodera del suo cappello!... No, via, non era possibile, ecco!... E gli nacque in testa, ad un tratto, un'idea portentosa.

Insomma delle somme, le prodezze di Costecalde si limitavano a delle escursioni sulle Alpine. Perché non poteva egli, Tartarin, durante i tre mesi che lo separavano dal giorno delle elezioni, tentare qualche impresa strepitosa: inalberare, *presempio*, il vessillo del Club sopra una delle vette più elevate di Europa: sulla Jungfrau o sul Monte Bianco?...

Quale trionfo al ritorno, che schiaffo per Costecalde quando il *Fòro* pubblicasse tutto il racconto della spedizione!... Chi oserebbe allora disputargli la presidenza?...

Senza metter tempo in mezzo, Tartarin cominciò i suoi preparativi. Fece venire segretamente da Parigi una montagna di libri che trattavano della materia: *Le scalate* del Whymper, *I ghiacciai* del Tyndall, il *Monte Bianco* di Stephen d'Arve, gli *Atti* del Club Alpino inglese e di quello svizzero. E s'infarcì il cervello di tutti i vocaboli speciali e gli appellativi alpestri: *guglie, picchi, gole, frane, nevai, séracs, morene*, senza sapere proprio in modo preciso che cosa significassero.

La notte i suoi sogni furono spaventati da sdruccioloni interminabili, da orribili cadute in precipizi senza fondo. Le valanghe lo seppellivano, gli aghi di ghiaccio acuti come spiedi infilzavano il suo corpo; e anche dopo essersi svegliato la mattina, dopo aver preso a letto la solita tazza di cioccolata, gli durava l'angoscia e l'oppressione del sogno. Ma questo non gli impediva, una volta posati i piedi in terra, di spendere tutta la giornata in laboriosi esercizi di allenamento.

Torno torno alla città di Tarascona c'è un viale d'alberi

che nel vocabolario paesano si chiama la *Circonvallazione*. Ogni domenica, dopo mezzogiorno, i Tarasconesi — gente abitudinaria malgrado tutta la loro immaginazione — si arrischiano a farne tutto il giro, camminando sempre nel medesimo senso. Tartarin si esercitò a far quel giro otto volte, dieci volte in una stessa mattina, e sovente anche andando alla rovescia. Camminava con le mani dietro; a passi piccoli, lenti e sicuri, come in montagna; e i bottegai, sconcertati da cotesta infrazione agli usi del paese, si smarrivano in ogni sorta di supposizioni.

In casa propria, nel suo giardinetto pieno di piante esotiche, si esercitava a oltrepassare i crepacci, saltando da una parte all'altra la vasca in cui nuotavano pochi pesciolini rossi frammezzo alle foglie dei gigli d'acqua. Anzi un par di volte ci cascò dentro, e fu obbligato a cambiarsi fino la camicia. Le disgrazie lo eccitavano anche di più; e per avvezzarsi a superare le vertigini, camminava sull'orlo della vasca stessa, con gran terrore della vecchia serva che non capiva nulla a tutte le stravaganze del padrone.

Intanto, aveva ordinato in Avignone, a un bravo magnano, un paio di ferri da ghiaccio (sistema Whymper) per le sue scarpe da montagna; un piccone (sistema Kennedy); e si era comprato una lanterna da minatore, due coperte impermeabili e sessanta metri d'una corda di sua invenzione, intrecciata di filo di ferro.

L'arrivo di coteste mercanzie, i mille andirivieni misteriosi di Tartarin per sorvegliare la esecuzione dei lavori, misero in gran curiosità i Tarasconesi. Si diceva per tutto: «il Presidente ne prepara una delle sue!...». Ma che cosa?... Qualche cosa di grande, certamente, perché secondo la parola del bravo e sentenzioso comandante Bravida, antico capitano nelle forniture, che parlava sempre per apoftegmi: «L'aquila non piglia le mosche!...

Perfino con gli amici più intimi Tartarin rimase impenetrabile. Solamente, nelle sedute del Club, si osservava e si notava il fremito della sua voce e il lampeggiare de' suoi occhi quando dirigeva la parola a Costecalde, causa principale della nuova spedizione di cui le fatiche e i pericoli gli apparivano più gravi, mano a mano che se ne avvicinava l'epoca. Lo sciagurato non si faceva illusioni; anzi vedeva le cose tanto in nero, che credette indispensabile di mettere un po' d'ordine nelle sue faccende, e di redigere in iscritto quelle supreme volontà, il pensare alle quali costa tanta fatica ai Tarasconesi innamorati della vita, che quasi tutti muoiono intestati.

Oh!... figuratevi voi Tartarin, una bella mattina di giugno, con un cielo sereno, risplendente, turchino; la porta del suo gabinetto aperta sul giardino tutto pulito dove le piante esotiche disegnavano le loro ombre violacee ed immobili, dove il getto d'acqua faceva suonare la sua nota allegra frammezzo alle voci dei monelli che giuocavano alla buchetta dinanzi alla porta... figuratevi voi Tartarin, in babbucce, avvolto nella sua larga veste di flanella, pasciuto, contento, con la sua pipa in bocca, che legge forte mentre scrive:

— Questo è il mio testamento...

No, ecco, non basta avere il cuore al suo posto, solidamente inchiavardato... quello, per Dio, è un brutto quarto d'ora! Eppure né la mano né la voce tremavano, mentr'egli distribuiva ai suoi concittadini tutte le ricchezze etnografiche accumulate in casa sua, spolverate tutti i giorni e conservate in ordine perfetto.

«Al Club Alpino il baobab *(arbos gigantea)* per metterlo sul caminetto nella sala delle adunanze;

«Al comandante Bravida le carabine, revolvers, coltelli da caccia, kriss malesi, tomahawks, ed altri arnesi micidiali;

«A Excourbaniès tutte le pipe, calumets, narghilè, bocchini, pipette per fumare il kif e l'oppio;

«A Costecalde... sì, anche Costecalde doveva avere il suo legato... le famose frecce avvelenate (si prega di non toccare).

Forse, sotto quel lascito si nascondeva la segreta speranza che il traditore si ferisse con le punte e morisse di veleno; ma nulla di simile traspariva dalle pagine del testamento, che terminava con le seguenti parole piene di divina mansuetudine:

«Io prego i miei cari colleghi alpinisti di non dimenticare il loro presidente... desidero che anch'essi perdonino al mio nemico come io gli perdono, non ostante che egli sia veramente la cagione vera della mia morte...».

A questo punto Tartarin fu obbligato a fermarsi, accecato com'era da un fiume di lagrime. Per un minuto almeno, egli si vide giacente, fracassato, frantumato, ai piedi di un'alta montagna; raccolto in una barella, e trasportato in brani informi a Tarascona. O potenza dell'immaginazione provenzale!... Lui proprio assisteva in persona alle sue esequie, sentiva i preti cantare e gli amici pronunziare i discorsi sulla sua tomba: «addio, povero Tartarin!...» E perduto nel gruppo di que' suoi amici sinceri, si piangeva da se medesimo!...

Ma subito dopo, la vista del suo gabinetto pieno di sole, risplendente d'armi e di pipe messe in fila, e la canzone allegra del getto d'acqua nella vasca, lo fecero ritornare al vero stato delle cose. Viceversa, perché morire?... Anzi, perché partire?... Chi l'obbligava?... Quale stupido amor proprio lo spingeva?... Rischiare la vita per un campanello presidenziale, e per tre lettere dell'alfabeto!...

Fu una debolezza; ma durò poco, come la prima. Dopo cinque minuti, il testamento era fatto, firmato, sigillato con sette enormi sigilli neri; e il grande uomo faceva i suoi ultimi preparativi per la partenza. Ancora una volta il Tartarin puro sangue aveva trionfato del Tartarin d'incrocio; e si poteva dire dell'eroe tarasconese quello che fu detto in altri tempi del maresciallo di Turenna: «Il suo corpo non andava sempre volentieri alla battaglia; ma la sua volontà ve lo trascinava per forza!»

La sera di quel medesimo giorno, mentre l'ultimo tocco delle dieci suonava dalla torre del palazzo municipale, e nelle vie deserte fatte più larghe dalla solitudine si sentiva appena qualche colpo di battente in ritardo, e qualche voce baritonale strozzata dalla paura, che gridava: «buona notte *presempio*...» con una gran sbatacchiata d'uscio, un passante rasentava i muri delle strade buie, dove le case non erano più rese visibili altro che dal riflesso dei lumi posti dietro ai vasi rossi e verdi della farmacia Bézuquet, i quali proiettavano sul selciato l'ombra dello speziale seduto al banco e addormentato sulla *farmacopea*. Quello era un piccolo acconto che prendeva ogni sera, dalle nove alle dieci, per essere — diceva lui — più vispo la notte, se qualcuno avesse bisogno dei suoi servigi. Ma, in confidenza, diceva una bugia... una tarasconata... perché nessuno lo svegliava mai; e per dormire più tranquillo, lui stesso aveva levato il battaglio al campanello per la notte.

Improvvisamente entrò Tartarin, carico di coperte, con un sacco da notte in mano; e così pallido, così disfatto, che lo speziale — con quell'esuberanza di immaginazione paesana da cui non lo salvava nemmeno la farmacia — credette a qualche orribile disgrazia e si spaventò sul serio:

— Disgraziato!... che fu?... t'hanno avvelenato?... Presto, presto, l'ipeca...

E prese la rincorsa, rovesciando i barattoli. Tartarin, per fermarlo, dovè ghermirlo per la vita:

— No, stammi a sentire, che diavolo!...

E nella sua voce digrignava il dispetto dell'attore a cui si manda a male l'effetto. Una volta inchiodato al banco il farmacista, con una mano di ferro, Tartarin gli disse a bassa voce:

— Bézuquet... siamo soli?...

— To'... sì... — rispose l'altro guardandosi intorno spaurito. — Pascalone è andato a letto (Pascalone era l'apprendista di spezieria); la mamma dorme... ma dimmi perché...

— Chiudi addirittura la porta... — ordinò Tartarin senza dare altre spiegazioni... — Di fuori ci potrebbero vedere.

Bézuquet obbedì tutto tremante. Bézuquet, vecchio scapolo, viveva con sua madre che non aveva abbandonato mai; ed era d'una delicatezza, d'una timidezza da fanciulla, che faceva uno strano contrasto con la sua pelle di cuoio, con le sue labbra sporgenti, col suo naso a uncino agganciato sopra i baffi steccoluti, e con l'insieme della sua testa che pareva quella d'un masnadiero algerino prima della conquista. Cosiffatte antitesi sono frequenti a Tarascona, dove le teste, romane, saracine, hanno troppo carattere; sono teste *d'espressione,* da modelli di disegno, assolutamente spostate sulle spalle di bottegai pacifici e di provinciali abituati alla vita tranquilla di una piccola città.

Excourbaniès, per esempio, che pare un avventuriero del seguito di Pizzarro, vende le mercerie e sbarra un paio d'occhi fiammeggianti per misurare due soldi di nastro, e Bézuquet, attaccando il cartellino sulla liquirizia e la scialappa, somiglia tal e quale un pirata barbaresco.

Quando le imposte furono chiuse e assicurate con le chiavarde e con le sbarre trasversali: — «Senti, Ferdinando...» — disse Tartarin, che chiamava volentieri gli amici per il loro nome di battesimo. E si sfogò... scaricò il suo cuore gonfio di rancore per l'ingratitudine dei compatrioti, raccontò le basse manovre di *Zampa di gallo*, il tiro che gli volevano giuocare alle prossime elezioni, e la maniera con cui si proponeva di parare il colpo.

Prima di tutto, bisognava tener la cosa segretissima; non rivelarla altro che al momento preciso in cui potrebbe forse determinare la vittoria; meno il caso di un accidente sempre prevedibile, d'una di quelle catastrofi luttuose... — Eh! giurabbrio, Ferdinando, non fischiare a quel modo quando ti parlo io...

Anche quello era un vizio dello speziale. Poco loquace per natura — cosa rara a Tarascona, che gli aveva fruttato la confidenza del presidente — le labbra sempre atteggiate ad O tondo tondo, lasciavano sfuggire un fischietto perpetuo, che pareva mettere in canzonatura la gente, magari nel colloquio più serio.

E mentre l'eroe faceva allusione alla sua morte possibile, ed esclamava posando sul banco un largo plico sigillato: — In caso... le mie ultime volontà sono queste... e ho scelto te per esecutore testamentario...

— Qshì, qshì, qshì... — fischiettava lo speziale trascinato

dall'abitudine; ma in fondo era molto commosso e penetrato dall'importanza della sua missione.

Poi, avvicinandosi l'ora della partenza, volle bere alla salute del viaggiatore e al buon successo del viaggio: — Qualche cosa di buono, guà... un bicchierino d'elisir di Garus. "— Aperti e visitati parecchi scaffali, si rammentò che le chiavi del Garus le aveva la mamma. Sarebbe bisognato svegliarla, dire chi c'era... Tutto calcolato, si sostituì all'elisir un bicchiere di *siroppo di finocchio*, bevanda estiva, modesta e innocente, inventata da Bézuquet, che la fa annunciare nel *Fòro* sotto questa rubrica: «*Siroppo di Calabria: dieci soldi la bottiglia compreso il vetro...*» — *Siroppo di Cadavere* — diceva l'infernale Costecalde che metteva la bava su tutti i trionfi altrui. Ma l'ignobile giuoco di parole non ha fatto che aumentare la vendita. Ne vanno matti, i Tarasconesi, del siroppo di Cadavere...

Fatto il brindisi, scambiate altre tre o quattro parole, si abbracciarono stretti: Bézuquet fischiettava attraverso i baffi sui quali sgocciolavano grosse lagrime.

Addio, guà... — disse Tartarin bruscamente, sentendo che per poco non piangeva anche lui! E siccome gli sportelli alti dell'uscio erano stati inchiavardati, l'eroe dovette uscire dalla farmacia a quattro zampe.

Le difficoltà del viaggio cominciavano a quel modo.

Tre giorni dopo, Tartarin sbarcava a Vitznau, a piè del Righi. Il Righi l'aveva tentato come montagna da principianti, come esercizio di salita, a causa della sua mediocre elevazione (1800 metri, circa dieci volte quella del *Monte orribile*, la più alta delle Alpine), e anche a causa dello splendido panorama che si gode dalla cima: tutte le Alpi bernesi in fila, bianche e vermiglie, inghirlandanti i laghi; come per invitare il viaggiatore a fare la sua scelta, a gettare il bastone su una di esse.

Sicuro d'esser riconosciuto e forse pedinato per la strada — poiché una delle sue debolezze era quella di credersi tanto celebre e popolare in tutta la Francia quanto a Tarascona — aveva fatto un gran giro per entrare in Isvizzera; e non si era armato di tutti i suoi arnesi se non passato il confine. Precauzione utilissima!... Con quell'armamento addosso non avrebbe potuto entrare in un vagone francese!...

Ma per quanto siano comodi e larghi i compartimenti svizzeri, l'Alpinista, imbarazzato da tanti utensili, di cui non aveva ancora l'abitudine, pestava i piedi della gente con la punta dell'alpenstock, uncinava le persone coi suoi raffi di ferro; e per tutto dove entrava, nelle carrozze, nelle stazioni, nelle sale degli alberghi e dei battelli a vapore, sollevava tanti stupori quante imprecazioni e occhiatacce di collera, che non sapeva spiegarsi, ma di cui soffriva molto il suo naturale affabile e comunicativo. E per colmo di disgrazia, il cielo era sempre bigio, nuvoloso, e la pioggia veniva giù a torrenti.

Pioveva a Basilea sulle casette bianche, mille volte lavate e rilavate dalle mani delle massaie e dall'acqua del cielo; pioveva a Lucerna sullo scalo d'imbarco, dove i bauli e le sacche parevano ripescati da un naufragio; e pioveva quando arrivò alla stazione di Vitznau, sulle sponde del lago dei Quattro Cantoni; e il medesimo diluvio lo perseguitò sui verdi clivi del Righi, avviluppati da nuvoloni neri che si scioglievano in torrenti lungo tutte le rupi, in cascate di pulvirulenze umidicce, in stillicidi gocciolanti da tutte le pietre e da tutte le agucchie degli abeti. Il povero Tarasconese non aveva mai veduto tanta acqua!...

Entrò in un albergo, e si fece servire un caffè e latte con miele e burro... l'unica cosa veramente buona che avesse mangiato durante il viaggio; poi, rifocillato, pulita con un lembo del tovagliolo la barba impiastricciata di miele, si dispose a tentare la sua prima ascensione.

— E, dico io... — domandò allacciandosi il sacco sulle spalle... — quanto tempo ci vuole per montare sul Righi?...

— Un'oretta, signore... un'oretta e un quarto... ma si spicci perché il treno parte fra cinque minuti.

— Il treno?... un treno sul Righi?... ma lei scherza!

Glielo fecero vedere dalla finestra a vetri impiombati, proprio al momento della partenza. Due grandi vagoni coperti, senza sfiatatoi, spinti da una locomotiva a caminiera corta e panciuta come una marmitta. Un insetto mostruoso aggrappato alla montagna, e sbuffante nello sforzo di arrampicarsi su quell'erta vertiginosa!

I due Tartarin, quello puro sangue e quello d'incrocio, si ribellarono nello stesso tempo all'idea di salire dentro a quella catapecchia schifosa. Il primo trovava ridicola quella maniera di arrivare alla cima del monte in ascensore... Quanto al secondo, quei ponti aerei che traversavano il precipizio, con la prospettiva d'un capitombolo di mille metri al più piccolo disvio, gl'ispiravano una miriade di riflessioni lamentose, giustificate dalla vicinanza del cimitero di Vitznau, le cui tombe biancheggianti si stendevano in basso del poggio come un corredo di biancheria sopra il prato d'un lavatoio. Quel cimitero, di certo, è collocato lì per precauzione... affinché, in caso di disgrazia, i viaggiatori morti si trovino bell'e trasportati al camposanto.

— A piedi, a piedi!... — esclamò il valoroso Tarasconese — Mi servirà d'esercizio, guà...

E via senz'altro, preoccupato dal maneggio del suo alpenstock alla presenza dei servitori della locanda, accorsi sull'uscio per gridargli le indicazioni occorrenti alla salita... ch'egli non ascoltava punto. Così sul primo prese un sentiero tutto acciottolato di grosse pietre diseguali e appuntate come un vicolo del suo paese, e fiancheggiato di zanelle di legno per lo scolo dell'acqua piovana.

A destra e a sinistra orti vastissimi, praterie umide e grasse, traversate dai medesimi canali di legno per l'irrigazione.

Era un continuo sciabordìo da cima a fondo della montagna, e ogni volta che il piccone del viaggiatore agganciava i rami bassi d'una quercia o d'un noce, il suo berretto crepitava come sotto la nappa d'un annaffiatoio.

— Dio, quant'acqua!... — sospirava l'uomo del mezzogiorno.

Ma fu anche peggio quando, venuto a fine improvvisamente l'acciottolato, gli toccò a zampettare nel letto del torrente, saltando da un pietrone all'altro per non bagnarsi le ghette. Più tardi entrò di mezzo la pioggia, persistente, ostinata; che pareva più fredda a misura che si andava più in su. Di tanto in tanto, fermandosi per riprender fiato, non sentiva altro che un immenso sgocciolare di acqua nella quale gli pareva d'essere affogato; e vedeva, guardandosi indietro, i nuvoloni ricongiungersi al lago per mezzo di lunghe e fini bacchette di cristallo, attraverso alle quali le casupole di Vitznau luccicavano come giocattoli verniciati di fresco.

Qualche uomo, qualche ragazza, passava vicino a lui, con la testa bassa, e le spalle curve sotto il peso della medesima gerla di legno bianco, piena di provvigioni per qualche villa, o per qualche *pensione*, di cui le finestre si scorgevano a mezza salita.

— Righi-Kulm?... — domandava Tartarin, per assicurarsi che si manteneva sulla buona via. Ma quel suo armamento bizzarro, e soprattutto il *passamontagna* a maglia che gli nascondeva la faccia, metteva lo spavento per tutto; e i viandanti, spalancando gli occhi rotondi e imbambolati, affrettavano il passo senza rispondergli.

A poco a poco gl'incontri si fecero più rari. L'ultima creatura umana che gli si fece dinanzi, fu una vecchia che lavava i suoi cenci in un tronco d'albero, riparata sotto un enorme paracqua rosso, piantato in terra per il manico.

— Righi-Kulm?... — domandò l'Alpinista.

La vecchia alzò verso di lui una faccia terra di idiota e un collo con un gozzo che le ciondolava fino sul petto, grosso come un campano di vacca svizzera. Poi, quando l'ebbe guardato lungamente, dette in uno scroscio di risa così sgangherato, che le squarciò la bocca fino agli orecchi, e le fece sparire gli occhi frammezzo alle rughe. Ed ogni volta che li riapriva, la vista di Tartarin piantato dinanzi a lei, col suo piccone sulle spalle, raddoppiava la sua ilarità.

— Trono del Di...avolo!... — brontolò il Tarasconese — fortuna per lei che è una donna!... — E bollente di rabbia seguitò la sua strada, si smarrì in un bosco d'abeti, e durò tutte le fatiche del mondo a cavarne fuori gli stivali che sdrucciolavano sull'erba bagnata.

Un tratto più in su, il paesaggio mutava aspetto un'altra volta. Né viottoli, né alberi, né pasture, ma rupi scoscese, cupe, brulle, seminate di rottami di pietra, che per paura di precipitare saliva inerpicandosi sulle ginocchia; botri pieni di fango giallo che traversava lentamente, tastando il terreno con l'alpenstock, e alzando il piede incerto come un arrotino. Ogni momento guardava la bussola appesa al cordone dell'orologio; ma sia per causa della salita, sia in conseguenza della temperatura variabile, l'ago pareva impazzito. Né v'era modo di orientarsi in quella nebbia fitta che nascondeva tutto a dieci passi, rotta solamente dal turbinare di una brinata di gelo che rendeva sempre più difficile il viaggio verso la cima.

Repente Tartarin si fermò... il terreno biancheggiava e luccicava intorno a lui... Attento agli occhi!...

Era arrivato nella regione delle nevi.

Cavò fuori gli occhiali dall'astuccio e se li fissò solidamente sul naso.

Fu un minuto solenne.

Commosso, ma orgoglioso, Tartarin provò come l'impressione d'essersi sollevato di mille metri in un salto, verso le alte cime e i grandi pericoli.

Di lì in poi, procede sempre con grande precauzione, fantasticando di precipizi e di crepacci menzionati da' suoi libri; e maledicendo la servitù dell'albergo, che gli aveva suggerito di partire senza guide e di salire sempre a dritto.

Forse anche aveva sbagliato montagna!... Erano più di sei ore che camminava, quando in tre ore si arriva sul Righi comodamente!...

Il vento intanto soffiava... un vento gelato, che faceva mulinare la neve nella penombra crepuscolare.

La notte minacciava di sorprenderlo.

Dove trovare una capanna... magari l'imboccatura d'una caverna, per mettersi al coperto?... Ma ad un tratto, davanti ai suoi occhi, sulla spianata nuda e pietrosa, apparve una casetta di legno, fasciata da una striscia bianca, a lettere

enormi, su cui lesse non senza fatica:
FO...TO...GRA...FIA DEL RI...GHI...KULM.

Nel tempo stesso, l'immenso albergo dalle trecento finestre si mostrava un po' più lontano, fra i candelabri da festa che si accendevano e luccicavano nella nebbia.

III.

Un allarme sul Righi. — Sangue freddo! Sangue freddo! — Il corno delle Alpi. — Quel che trova Tartarin sullo specchio all'alzarsi dal letto. — Perplessità. — Si cerca una guida per telefono.

— Chi va là!... Chi è!... — urlò il Tarasconese, tendendo l'orecchio e sgranando gli occhi nelle tenebre.

Per tutto l'albergo era uno strepito di passi concitati, uno sbatacchiare di porte, un ansare affannoso, un gridare da ogni parte: «Presto... spicciatevi...», mentre di fuori risonavano come dei segnali di trombone; e improvvisi lampeggiamenti di fiamme illuminavano vetri e cortine alle finestre...

Il fuoco!...

D'un salto fu fuori del letto; in un batter d'occhio, calzato, vestito, scese a balzelloni la scala, dove il gas era sempre acceso, e dove andava su e giù uno sciame di *misses* pettinate alla meglio, rinfagottate negli scialli verdi, nelle sciarpe di lana rossa, in tutto quel cenciume qualunque che era cascato loro sotto mano, lì per lì.

Tartarin, per far coraggio a se stesso, e per rassicurare le signorine, gridava come un indemoniato slanciandosi di qua e di là e dando delle spinte a tutti: «Sangue freddo, per Dio!... un po' di sangue freddo!...» con una voce chioccia di gabbiano, una di quelle voci come se ne sentono nei sogni, da mettere lo sgomento addosso ai più arditi. E, pare impossibile... le belle ragazze ridevano guardandolo, e sembrava che lo trovassero grottesco addirittura. Proprio, a quell'età, manca affatto ogni idea di pericolo!...

Per fortuna, dopo le *misses* veniva lemme lemme il vecchio diplomatico, vestito così in compendio di un soprabitello svolazzante, dall'orlo del quale facevano capolino certe mutande di tela bianca e qualche brandello di cordoncino...

Ah!... finalmente; ecco un uomo!

Tartarin gli corre incontro gesticolando e agitandosi: «Ah!... signor Barone, che disgrazia!... Ma ne sa qualche cosa lei?... Ma dica, dov'è?... come ha fatto a prendere?...».

— Chi?... che cosa?... — balbettava il Barone, rintontito, senza capirne una maledetta.

— Ma... il fuoco... il fuoco...

— Che fuoco?...

Il povero vecchio aveva una cera tanto stupida e sgomenta che Tartarin lo abbandonò su due piedi, e si precipitò fuori dell'albergo rapidamente, per *organizzare i soccorsi*.

— Soccorsi!... — ripeteva macchinalmente il Barone; e dopo di lui, cinque o sei servitori di sala che dormivano ritti nel vestibolo, si guardarono fra loro sbalorditi e fecero coro: «Soccorso!...».

Appena fatto un passo fuori della porta grande, Tartarin si accorse del suo errore. Nemmeno il minimo segno d'incendio. Un freddo da lupi, la notte profonda rischiarata malamente dalle torce di resina che si accendevano più qua e più là, e che segnavano sulla neve come delle grandi macchie sanguinolente.

A piè della scalinata, un suonatore di *corno delle Alpi* muggiva una specie di lamento modulato, un monotono *Ranz delle vacche* a tre note sole, col quale al Righi-Kulm si è preso l'uso di svegliare gli adoratori del sole, e di annunciar loro il prossimo apparire dell'Astro sull'orizzonte.

C'è chi assicura che qualche volta, sul nascere, il sole si mostri dalla punta estrema della montagna, dietro all'albergo. Per orizzontarsi Tartarin non ebbe altro da fare che seguitare il rumore delle risate delle giovani *misses*, che correvano motteggiando più avanti di lui. Il sonno che aveva sempre nella testa, e la stanchezza delle sue gambe dopo le dieci ore di salita della sera innanzi, lo costringevano a camminare con minore rapidità.

— Siete voi, Manilof?... — domandò ad un tratto nell'oscurità una vocina d'argento, una voce di donna. — Aiutatemi allora; ho perduto uno scarpino...

Tartarin riconobbe il cinguettìo forestiero della sua bella vicina di tavola, e cercò di intravvedere la figurina svelta nel pallido riflesso della neve che copriva il terreno.

— No, signorina, non sono Manilof... ma se posso servirvi in qualche cosa...

Essa gettò un'esclamazione di sorpresa e di paura, e fece un movimento per fuggire; ma Tartarin, già chinato a cercare lo scarpino, tastando intorno l'erba gelata e crepitante, non si accorse di niente.

— To' per Diana, eccolo qui... — gridò tutto allegro. Scosse la piccola scarpa, che la neve incipriava come una parrucca; chinò un ginocchio a terra nell'umido e nel gelo nell'atteggiamento più galante, e chiese per ricompensa l'onore di calzare Cenerentola.

Costei, più schiva di quella della novella, rispose con un *no* secco secco, e saltellava a gamba zoppa, tentando di far rientrare il piedino e la calza di seta nella scarpetta; ma non ci sarebbe riuscita mai senza l'aiuto del nostro eroe, che era tutto commosso nel sentire per un minuto quella manina delicata sfiorare la sua spalla.

— Avete gli occhi buoni... — disse lei, ringraziando a modo suo, mentre camminavano a tastoni l'uno a fianco dell'altra.

— L'abitudine dell'*aspetto*, signorina.

— Ah! siete cacciatore?...

L'accento con cui furono pronunciate quelle parole era ironico, incredulo. Tartarin avrebbe potuto pronunziare soltanto il suo nome per convincerla; ma, come tutti quelli che portano un nome illustre, metteva molta discrezione, quasi una civetteria, nel non rivelarsi subito. Voleva arrivare per gradi alla sorpresa.

— Sono cacciatore... effettivamente.
Lei continuò con la medesima intonazione sarcastica:
— E di che selvaggina andate a caccia più volentieri?...
— Di grandi carnivori, di bestie feroci... — rispose Tartarin sperando di fare un grande effetto.
— Credete di trovarne molte sul Righi?...
Sempre galante e pronto alla replica, il Tarasconese stava per replicare che sul Righi, fin allora, non aveva trovato altro che delle gazzelle; quando la sua risposta fu interrotta dall'avvicinarsi di due ombre che chiamavano:
— Sonia... Sonia...
— Vengo... — disse lei; e volgendosi a Tartarin, i cui occhi, ormai avvezzi all'oscurità, scorgevano la pallida e angelica faccia sotto i lembi d'una mantiglia spagnuola, aggiunse... ma questa volta in tono solenne:
— Voi fate una caccia pericolosa, alla vostra età... badate di non lasciarci le ossa...
E subito dopo disparve nell'oscurità coi suoi due compagni.

Un po' più tardi, quel tono minaccioso che sottolineava le parole della bella bionda doveva turbare l'immaginazione dell'Alpinista; ma lì per lì, gli fece solamente impressione quell'*alla vostra età*, con cui si prendeva di mira la sua rotondità e il suo pelo grigio. E gli dispiacque che la ragazza fosse fuggita via proprio al momento di godere del suo stupore quando avesse rivelato il proprio nome.

Fece due o tre passi nella direzione del gruppo che si allontanava... ma era troppo tardi; e non sentì altro che un rumore confuso, le tossi, gli starnuti dei viaggiatori riuniti in capannelli, che aspettavano con impazienza il sorgere del sole: alcuni dei più animosi si erano arrampicati sopra un piccolo belvedere, i cui sostegni ovattati di neve spiccavano in bianco sul fondo scuro della notte che fuggiva dinanzi all'alba.

Un chiarore diafano cominciava a venir su dall'Oriente, salutato da un secondo squillo del corno di montagna e da quell'*ah!*... di soddisfazione che provoca al teatro il secondo colpo della batterella annunziante l'alzar del sipario. Sottile dapprima come lo spiraglio d'un coperchio sollevato, quel chiarore andava spandendosi a poco a poco e faceva apparire più vasto l'orizzonte; ma nel tempo stesso giù dalla vallata saliva una nebbia opaca e giallastra, un vapore umido, più penetrante e più fitto a misura che nasceva il giorno. Faceva l'effetto di un velo tirato su fra la scena e gli spettatori.

Bisognava pur troppo rinunciare al prodigioso spettacolo strombazzato su tutte le Guide. Per compenso le sagome eteroclite dei ballerini della sera avanti, strappati di fresco al sonno, si disegnavano su quell'albore nebuloso come ombre chinesi, leggere e grottesche; infagottate di sciali, di coperte, perfino di tende da letto. Sotto le più svariate acconciature di testa, berretti di seta e di cotone, cuffie, tocchi, cappucci, zucchettoni da rovesciare sugli orecchi, si scorgevano le facce sbigottite e gonfie, le teste livide come di naufraghi perduti sopra un isolotto in alto mare, cercanti al largo una vela con tutta la potenza degli sguardi fissi ed intenti.

E niente… mai niente!…

Certuni tuttavia si ostinavano a distinguere questo o quel cacume, in uno slancio di buona volontà; e lassù, in cima al belvedere, si sentivano i tortoreggiamenti della famiglia peruviana, aggruppata intorno a un pezzo di diavolaccio in soprabitone quadrigliato, che descriveva imperturbabilmente il panorama invisibile delle Alpi svizzere, indicando uno ad uno, a voce alta, i monti nascosti dietro la caligine:

— Lor signori vedono a destra il Finsteraarhorn, quattromiladuecentosessantacinque metri… lo Schreckorn, il Wetterhorn, il Monaco, la Jungfrau… della quale ho l'onore di fare osservare alle signorine la eleganza delle proporzioni…

— Ecco uno, per Dio, che ha una bella faccia tosta!… — disse fra sé il Tarasconese. Poi, ripensandoci sopra, aggiunse:

— Quella voce, *presempio*, la conosco…

Riconosceva soprattutto la cadenza, quella cadenza meridionale che si sente anche da lontano come l'odore dell'aglio… Ma tutto preoccupato di ritrovare la sua bella incognita, non si fermò un minuto, e continuò a passare in rivista i capannelli de' viaggiatori... senza profitto. Doveva esser rientrata nell'albergo, come del resto facevano tutti, stanchi di rimaner lì a tremare e a battere i piedi.

Spalle curve, scialli le cui frange spazzavano la neve, sfilavano lentamente e sparivano nella nebbia sempre più cieca. Un momento dopo, non restava sulla spianata nevosa e melanconica in quell'alba grigia, che Tartarin e il suonatore di corno delle Alpi, il quale continuava a soffiare tristemente nel suo enorme buccino, come un cane che abbaiasse alla luna.

Era un vecchietto piccino, con la barba lunga e il capo coperto da un cappello tirolese ornato di bubboli di lana verde che gli ciondolavano sulla schiena, e — come tutti gli altri berretti della servitù — d'un gallone col solito *Regina montium* a lettere d'oro. Tartarin gli si avvicinò per dargli la mancia, come aveva visto fare agli altri viaggiatori.

— Andiamocene a letto, insomma dunque... — gli disse, battendogli la mano sulla spalla con la sua affabilità meridionale... — Bella corbellatura eh?... il sole sul Righi!...

Il vecchio continuò a soffiare nel corno, per finire il suo ritornello a tre note, con una risatina muta che gli increspava l'angolo delle labbra e faceva dondolare i bubboli verdi del cappello.

Eppure, Tartarin non era malcontento della mattinata. L'incontro della vezzosa bionda lo compensava del sonno interrotto; poiché, malgrado rasentasse la cinquantina, aveva sempre il cuore bollente, l'immaginazione romanzesca, e vivace il sentimento della vita. Ritornato in camera, chiusi appena gli occhi per riaddormentarsi, gli parve sentire in mano un'altra volta lo scarpino minuscolo e leggiero, e negli orecchi lo squillo argentino di quella cara voce: «Siete voi, Manilof?...»

Sonia... che grazioso nome!... Era russa, di certo; e quei giovanetti, viaggiavano con lei, amici di suo fratello senza dubbio. Poi tutte le idee si dileguarono e si confusero, il visino gentile ricinto dell'aureola d'oro andò a raggiungere altre visioni vagabonde e fuggenti, alture del Righi, cascate d'acqua spumeggianti... e la respirazione eroica del grande uomo, sonora e cadenzata, riempì la cameretta... e una buona parte del corridoio.

Al momento di scendere in sala, alla prima campanella della colazione, Tartarin si stava assicurando che la sua barba era pettinata bene, e che non faceva troppo cattiva figura nel suo costume d'Alpinista, quando tutto ad un tratto trasalì. Dinanzi a lui, bell'e aperta e fissata allo specchio con due ostie da sigillare, una lettera anonima lasciava leggere le seguenti minacce:

«*Francese del diavolo, il tuo travestimento ti nasconde male. Per questa volta ti si perdona, ma se ci capiti da capo fra i piedi, bada alla pelle!*»

Sbigottito, rilesse tre o quattro volte quel foglio senza capire. Badare alla pelle, perché?... A che proposito?... Come era venuta fin lì quella lettera?... Evidentemente era venuta mentr'egli dormiva, poiché al ritorno dalla sua passeggiata mattutina, non aveva visto niente sullo specchio. Suonò il campanello e chiamò la cameriera — ragazza sbiancata e insignificante, butterata dal vaiuolo come un pane di gran duro — dalla quale non poté cavare altra risposta se non che lei era di *pona famillia*, e non entrava mai nelle camere dei signori *quando loro c'erano dentro*.

— Questa è strana, to'... — diceva Tartarin girando e rigirando la lettera fra le dita, molto preoccupato. Per un istante il nome di Costecalde gli traversò il cervello: Costecalde, istruito dei suoi propositi di ascensione e determinato a renderli vani con gl'intrighi e le minacce. Riflettendoci meglio, la cosa gli parve inverosimile; e finì per persuadersi che quella lettera era uno scherzo... forse delle ragazze inglesi che gli ridevano sul naso tanto di cuore. Sono così... disinvolte, quelle ragazze inglesi e americane!...

Suonava intanto la seconda campanella, Si cacciò in tasca la lettera anonima, dicendo: — «Be'... staremo a vedere...» e la smorfia formidabile con cui accompagnò coteste parole dava la misura dell'eroismo di quell'anima.

Nuova sorpresa mettendosi a tavola. Invece di avere accanto la graziosa fanciulla che *Amor ricinge di un'aureola d'or*, ci trovò il collo di gallinaccio d'una vecchia signora inglese, i cui ricciolini pendenti strascicavano sulla tovaglia. Vicino a lui si diceva che la ragazza russa e i suoi compagni erano partiti col primo treno della mattina.

— *Cré nom!... je suis floué!...* — gridò forte il tenore còrso che il giorno avanti rispondeva sgarbatamente a Tartarin di non capire una parola di francese: che l'avesse imparato nella nottata?... Il tenore si alzò, scaraventò via il tovagliuolo, e scappò a gambe, lasciando il meridionale assolutamente abbrutito dallo stupore.

Dei commensali del giorno avanti non restava che lui solo. Accade sempre così al Righi-Kulm, dove nessuno rimane mai più di ventiquattr'ore. La scena del resto era sempre la stessa. Le solite coppe di cristallo, in fila, che dividevano i partiti. Ma quella mattina trionfavano i *Risini* in gran maggioranza, rinforzati da nuovi illustri personaggi; e i *Conservisti*, come suol dirsi, *erano proprio rifiniti!...*

Tartarin, senza schierarsi né da una parte né dall'altra, risalì in camera sua avanti che cominciassero le ostilità alle frutta, fece la valigia e domandò il conto. Ne aveva abbastanza della *Regina montium* e della sua tavola rotonda di sordo-muti!...

Toccando di nuovo il piccone, le scarpe coi ferri e le corde, si era sentito un'altra volta assalito dalla follia alpestre; e si struggeva di trovarsi a tu per tu con una montagna per davvero, senza ascensore e senza fotografia all'aria aperta. Soltanto esitava tuttavia nella scelta fra il Finsteraarhorn più elevato e la Jungfrau più celebre, il cui nome pieno di candore verginale lo farebbe pensare più spesso alla bella ragazza russa.

Ruminando le sue lunghe incertezze, e intanto che gli preparavano il conto, l'Alpinista si divertiva a guardare — nell'immenso vestibolo lugubre e silenzioso dell'albergo — le grandi fotografie colorate appese alle pareti e rappresentanti ghiacciai, montagne nevose, passaggi difficili e famosi per cento avventure. Da un lato molti ascensionisti in fila, come formiche quando vanno alla cerca, sopra una cresta di ghiaccio azzurre e tagliente; dall'altro un crepaccio spaventoso dalle pareti verdastre, attraverso il quale è stata gettata una scala a piuoli che una signora oltrepassa trascinandosi sulle ginocchia e un abatino la segue tirandosi su là sottana.

L'Alpinista di Tarascona, con le mani appoggiate al piccone, esaminava tutte quelle figure e pensava. Mai si era sognato delle difficoltà simili. Eppure bisognava aspettarsi quello e peggio...

Ad un tratto impallidì orribilmente.

In una cornice nera, un'incisione eseguita dal celebre disegno di Gustavo Dorè, riproduceva artisticamente la catastrofe del Monte Cervino. Quattro corpi umani, proni o a pancia all'aria, precipitano dalla roccia scoscesa e tagliata quasi a picco, con le braccia aperte, le mani contratte a uncino, quasi per penetrare nella rupe o per afferrare la corda rotta che un momento prima sosteneva quella collana di esseri viventi, e adesso non serve che a trascinarli tutti più sicuramente verso la morte, verso l'abisso, in cui il gruppo sarà inghiottito giù alla rinfusa con le corde, i picconi, i veli verdi e tutto l'allegro materiale dell'ascensione, diventato subitamente tragico e funesto!...

— Acci... d'erba!... fece il Tarasconese parlando ad alta voce nel suo spavento.

Un cameriere cortesissimo intese a volo la sua esclamazione, e si credette in dovere di rassicurarlo. Disgrazie simili si facevano sempre più rare... l'essenziale era di non commettere imprudenze, e soprattutto di procurarsi una buona guida.

Tartarin domandò subito se si poteva indicargliene una... ma, via, proprio garantita... Non che avesse paura, tutt'altro; ma è sempre meglio tenere a fianco qualcuno a cui potersi fidare.

Il cameriere, dandosi una grande importanza e carezzandosi le fedine, rifletteva e mormorava: «Garantita, garantita... Eh! se me lo avesse detto prima... giusto era qui stamani un uomo che faceva precisamente al caso... il corriere di una famiglia peruviana...»

— Ma... — disse Tartarin, coll'aria d'uno che se ne intende — conosce la montagna?

— Oh! signore... conosce tutte le montagne della Svizzera, della Savoia, del Tirolo, delle Indie, del mondo intero... le ha *fatte* tutte, lui, le sa a mente e te le descrive una per una... È una cosa incredibile... Si sarebbe potuto facilmente persuadere... Ah! con un uomo simile anche un bambino andrebbe da per tutto, senza correr pericolo.

— E dov'è?... dove lo potrei trovare?...

— Al Kaltbad, caro signore, dov'è andato a preparare le camere dei nostri viaggiatori... Gli possiamo magari telefonare...

Il telefono... al Righi!...

Questa poi era troppo grossa... Ma oramai Tartarin non si sorprendeva più di nulla.

Cinque minuti più tardi, il cameriere tornò con la risposta.

Il corriere dei Peruviani era partito allora allora per la Tellsplatte, e ci passerebbe la nottata senza dubbio.

La Tellsplatte è una cappella commemorativa, un di quei tali pellegrinaggi in onore di Guglielmo Tell che s'incontrano ad ogni passo in Isvizzera. Molta gente ci andava per ammirare gli affreschi che un celebre pittore di Basilea stava per terminare sulle pareti e nel soffitto.

Col battello a vapore, il tragitto poteva durare un'ora... un'ora e mezzo tutto al più. Tartarin non esitò un momento. Perdeva una giornata di tempo; ma era in dovere verso sé stesso di tributare quell'omaggio a Guglielmo Tell, pel quale aveva sempre provato una predilezione grandissima... E poi, che fortuna se riusciva a metter le mani sulla guida portentosa, e la decideva a *fare* la Jungfrau insieme con lui!...

— In marcia, guà!

Pagò presto presto il conto... nel quale il tramonto e il

levare del sole erano segnati a parte, come la candela e il servizio... e preceduto da quel terribile strepito di ferramenta che spargeva la sorpresa e lo spavento sul suo passaggio, corse alla stazione, perché discendere a piedi com'era salito sarebbe stata una perdita di tempo... e un onore immeritato per quella montagna artificiale!...

IV.

Sul vaporino. — Piove. — L'eroe tarasconese saluta gli Dei Mani. — La verità intorno a Guglielmo Tell. — Disillusione. — Tartarin di Tarascona non è mai esistito. — To'… Bompard!…

Aveva lasciato la neve lassù, al Righi-Kulm… giù, sul lago ritrovò la pioggia, fina, fitta, pulviscolare; una specie di vapore d'acqua, attraverso il quale le montagne svanivano gradatamente, in lontananza, e prendevano l'aspetto di nubi.

Il *Fœhn*, il vento della montagna, soffiava con violenza e faceva mareggiare le onde del lago, su cui le folaghe volavano tanto basso che parevano quasi galleggiare sull'acqua. C'era da credersi in alto mare.

E Tartarin ritornava con la mente alla sua partenza da Marsiglia, quindici anni prima, quando mosse per la caccia al leone; a quel cielo senza nubi, inondato di luce sfavillante; a quel mare azzurro — ma proprio azzurro come un colore da tintoria — raggrinzato dal maestrale, rallegrato dai candidi scintillii delle saline; alle trombe delle fortezze, alle campane che suonavano a festa… Ebrezza, gioia, sole… fantasmagoria del primo viaggio!…

Quale contrasto con quel ponte, nero di fradiciume, quasi deserto, sul quale si distinguevano appena alla luce incerta, come dietro a una carta unta d'olio, pochi passeggieri, vestiti di spolverine di cauciù informi… e l'uomo del timone immobile a poppa, tutto infagottato nel suo cappetto, coll'aria grave e sibillina; e vicino, a lui, il cartellone in tre lingue: *è proibito parlare al timoniere.*

Oh! non c'era pericolo!… Nessuno parlava a bordo del

Winkelried, né al timoniere, né ad altri; né sul ponte e neppure nei saloni di prima e seconda classe, stipati di viaggiatori dalle fisionomie funerarie, questi dormendo, quelli leggendo, tutti sbadigliando, alla rinfusa coi loro bagagli gettati dappertutto sulle panchine. Così tal e quale ci si figura un convoglio di deportati, la dimane di un colpo di Stato.

Di tanto in tanto, i boati rauchi del vapore annunziavano l'avvicinarsi d'una stazione. Un rumore di passi e di bauli rotolati rompeva il silenzio del ponte. La sponda scaturiva fuori dalla caligine, veniva innanzi, e faceva vedere le pendici coperte d'un verde cupo, le ville gelate fra i cespugli grondanti, e le file dei pioppi sull'orlo delle strade fangose, lungo le quali si allineavano i sontuosi alberghi coi loro titoli in lettere d'oro sulla facciata: albergo Meyer, albergo Müller, albergo del Lago... Ah! quante facce annoiate apparivano alle finestre battute dalla pioggia!...

Si approdava allo scalo di sbarco; chi montava, chi scendeva; tutta gente impillaccherata, bagnata, silente. Sul piccolo porto era un via vai di ombrelli, un caleidoscopio *d'omnibus* che sparivano appena comparsi. Poi di nuovo, i grandi colpi di ruota del vaporino facevano spumeggiare l'acqua sotto le alette; e la sponda fuggiva, si perdeva nel paesaggio confuso, insieme agli alberghi Meyer, Müller, del Lago; le cui finestre, aperte per un istante, lasciavano vedere a tutti i piani dei fazzoletti sventolati, delle braccia stese da gente che pareva dicesse: «Pietà... misericordia... portateci via di qui... ah... se sapeste!...»

Qualche volta il *Winkelried* incrociava sulla sua rotta un altro battello col nome scritto in lettere nere sul tamburo bianco: *Germania, Guglielmo Tell...* Era il medesimo ponte lugubre, gli stessi cauciù sgocciolanti, la stessa traversata lamentevole. Che il vascello fantasma andasse in un senso o nell'altro, erano i medesimi sguardi disperati che si scambiavano di qua e di là.

E dire che tutti quei signori viaggiavano per divertimento; e che per divertimento restavano prigionieri anch'essi, gli sventurati alloggiati negli alberghi Müller, Meyer, del Lago...

Anche qui, come al Righi-Kulm, quel che opprimeva soprattutto Tartarin, quel che lo straziava, e lo gelava mille volte più della pioggia fredda e del cielo senza luce, era il non poter parlare!... Sotto coverta aveva pure incontrato delle figure di conoscenza, il membro del Jockey-Club con sua nepote (hum... hum!); l'accademico Astier-Réhu e il professore Schwanthaler, que' due implacabili nemici condannati a vivere insieme per un mese, accoppiati alla catena del medesimo itinerario da un biglietto di viaggio circolare Cook; e altri ancora... Ma nessuno di questi illustri *Conservisti* aveva voluto riconoscere il Tarasconese che il suo passamontagna, i suoi arnesi di ferro, le sue corde legate alla vita, rendevano pure riconoscibile e quasi bollavano con un marchio speciale.

La signora Schwanthaler soltanto si era avanzata verso il suo ballerino, con quella faccetta rosea e sorridente di piccola fata tombolona, e prendendosi la sottana con due dita, come per ballare un passo di minuetto, aveva ripetuto: *ballir... danzir... molto custo*. Era una memoria evocata o un desiderio di ricominciare?... Comunque fosse, non lo abbandonava più; e Tartarin per salvarsi dalla sua insistenza era risalito in coverta, e preferiva bagnarsi fino alle ossa al diventar ridicolo con quella donnina.

E ne veniva giù, dell'acqua!... Ed era sudicio il cielo!... Per finire anche peggio, tutta una banda dell'*Esercito della salute* imbarcata a Beckenried — una diecina di donne grasse dalla faccia stupida, vestite in turchino di mare e coperte di cappelli Greenaway — faceva capannello sul ponte, radunata sotto tre enormi ombrelli rossi, e cantava dei versetti della Bibbia, accompagnata coll'armonica da un uomo lungo, magro, cogli occhi di pazzo... una specie di David-la-Gamma!... Quelle voci stridenti, fiacche, stonate come il grido delle folaghe, si spiegavano a traverso alla pioggia e al fumo della macchina che il vento respingeva in basso. Tartarin non aveva mai sentito nulla di più lamentevole.

A Brunnen la banda scese a terra, lasciando le tasche dei viaggiatori piene di libriccini di propaganda... e quasi subito dopo che l'armonica e i salmi di quelle povere larve furono cessati, si schiarì il cielo e le nuvole lasciaron vedere qualche lembo di azzurro.

Frattanto, il battello entrava nel lago d'Uri, cupo, rinchiuso framezzo ad alte montagne selvagge. E sulla destra, a piè del Salisberg, i viaggiatori si mostravano a vicenda il campo di Grütli, dove Melchtal, Fürst e Stauffacher fecero il giuramento di liberare la patria.

Tartarin, molto commosso, si scoprì religiosamente il capo, senza accorgersi dello stupore che sollevava intorno;… e anche agitò il berretto in aria, tre volte, per tributare il suo omaggio ai Mani degli eroi. Qualche viaggiatore ci restò preso, e gli rese educatamente il saluto.

Finalmente la macchina espettorò un muggito roco, ripercosso da un'eco all'altra nello spazio angusto. Il cartellino che si affiggeva sul ponte a ogni approdo — come si fa nei balli pubblici per variare le contraddanze — portava scritto *Tellsplatte*.

Era l'arrivo!…

La cappella è situata a cinque minuti di distanza dallo sbarco, proprio sulla sponda del lago; sulla rupe stessa su cui Guglielmo pose il piede saltando fuori, durante la tempesta, dalla barca di Gessler. E per Tartarin era un'emozione deliziosa, seguendo nel lago i viaggiatori del *Circolare Cook,* di calpestare quello storico terreno, di rammentarsi i fatti, di rivivere egli stesso i principali episodi del gran dramma che conosceva come la storia della sua propria esistenza.

Guglielmo Tell era stato sempre il suo ideale. Quando, la sera, alla farmacia Bézuquet si faceva il giuoco delle *preferenze,* e ciascuno scriveva in un foglietto, sotto busta sigillata, il poeta, l'albero, l'odore, l'eroe, la donna che preferiva, uno di quei foglietti portava invariabilmente scritto questo:

L'albero preferito? — Il baobab.
L'odore? — Quello della polvere.
Lo scrittore? — Fenimore Cooper.
Chi vorrei essere? — Guglielmo Tell.

E nella farmacia, tutti ad una voce gridavano: «È di Tartarin».

Immaginate voi, se si sentiva felice e se gli palpitava il cuore arrivando dinanzi alla cappella commemorativa, innalzata al suo idolo dalla riconoscenza di un popolo intero. Gli pareva che Guglielmo Tell in persona dovesse venire ad aprirgli la porta, bagnato ancora dalle acque del lago, col suo arco e le sue frecce alla mano.

— Non si passa... lavoro... oggi non è giorno di visita... — gridò dal di dentro una voce sonora fatta più rimbombante dalla sonorità delle vòlte.

— Monsieur Astier-Réhu, dell'Accademia di Francia...

— Herr Doctor Professor Schwanthaler...

— Tartarin di Tarascona...

Nell'ogiva che sovrastava la porta comparve quasi a mezzo corpo il pittore, montato sopra un'impalcatura, vestito con una spolverina da lavoro, con la tavolozza impugnata.

— Il mio *famulus* scende ad aprire, signori — disse in tono rispettoso.

— Per Dina!... n'ero sicuro — pensò Tartarin.

— È bastato pronunziare il mio nome!...

Pure ebbe la modestia di tirarsi da parte, ed entrò dopo tutti gli altri.

Il pittore, un pezzo di giovinotto con la testa rutilante e dorata d'un artista del Rinascimento, venne a ricevere i suoi visitatori sulla scalinata di legno che menava sul ponte provvisorio installato per la pittura della vòlta.

Gli affreschi rappresentavano i principali episodi della vita di Guglielmo Tell; ed erano terminati tutti, meno uno: la scena del pomo sulla piazza di Altorf. Ci lavorava il pittare in quel momento, e il *famulus,* coi capelli a uso arcangelo, con le gambe e i piedi nudi sotto la veste medievale, gli stava a modello per il figlio di Guglielmo Tell.

Tutte quelle figure dipinte, rosse, verdi, gialle, turchine, affollate in anguste stradicciole sotto le postierle dell'epoca, e tutte più grandi del vero e fatte per esser vedute a distanza, producevano negli spettatori un'impressione di malinconia... ma erano venuti per ammirare... e ammirarono. Del resto nessuno se ne intendeva.

— Mi par che ci sia un gran carattere... — disse Astier-Réhu, pontificando, col suo sacco da notte in mano.

E Schwanthaler, con un panchetto pieghevole sotto il braccio, non volendo restare indietro, citò due versi di Schiller, di cui più della metà rimase nella sua barba a fiume.

Poi le signore fecero le loro esclamazioni rituali, e per un momento non si sentì altro che:

— Bello... oh!... *schön!*...
— *Yes... lovely!*...
— *Exquis, délicieux!*...

Pareva di essere da un pasticciere.

Repente risuonò una voce terribile, che squarciò il silenzio come un suono di tromba:

— Male imbracciato, vi dico... La balestra non è al suo posto...

Nessuno potrebbe figurarsi lo stupore dell'artista di fronte a quel meridionale esorbitante, che col bastone in mano, e spallando il piccone come un fucile — con la minaccia di spaccar la testa a qualcheduno a ogni sua giravolta — dimostrava per A più B che il movimento del Guglielmo Tell era sbagliato.

— E me ne intendo io, insomma dunque... ci potete credere a occhi chiusi...

— Ma voi, scusate, sareste...

— Come... chi sono io?... — gridò il Tarasconese assolutamente fuori dei gangheri. — Non era dunque per lui che avevano spalancato la porta della cappella?... — E volgendosi tutto rimpettito: — Andate — disse — a domandare il mio nome alle pantere dello Zaccar, ai leoni dell'Atlante; e vi risponderanno forse...

Fu un indietreggiamento e uno spavento generale.

— Ma insomma... — interrogò il pittore — in che cosa vi pare sbagliato il movimento?...

— Su via, state attento…

E mettendosi in guardia con una doppia battuta di piedi che sollevò un nembo di polvere sul tavolato, Tartarin imbracciò il suo piccone come una balestra e prese la mira…

— Superbo!… Ha ragione!… Non vi movete più!

E poi al *famulus:*

— Presto… un cartone, un po' di brace…

Il fatto sta che il Tarasconese era proprio da dipingere; saldo, robusto, la schiena piegata, la testa inclinata nel passamontagna come nella gorgiera di un elmo, e il piccolo occhio fiammeggiante che mirava il *famulus* esterrefatto.

O magia dell'immaginazione!… Lui si credeva proprio sulla piazza d'Altorf, piantato in faccia al figliuolo che non aveva mai avuto, con una freccia sulla còcca della balestra e un'altra in cintura per trapassare il cuore al tiranno. Tanto era vivace la persuasione sua, che diventava perfino comunicativa.

— È proprio Guglielmo Tell… — diceva il pittore raggomitolato sullo sgabello, tirando innanzi con febbrile impazienza il suo disegno. — Ah! caro signore… perché non vi ho conosciuto prima!… Mi avreste fatto da modello…

— Davvero eh?… E dico, ci trovate una certa somiglianza? — domandò Tartarin tutto orgoglioso, senza abbandonare l'azione.

Ma sì… l'artista non si figurava l'eroe in modo diverso.

— Anche la testa?…

— Oh! la testa importa poco… (Il pittore indietreggiava per guardare il suo lavoro da lontano). Quando c'è una faccia energica e virile, basta e ce ne avanza: visto che non si sa niente di Guglielmo Tell, e molto probabilmente non è mai esistito.

Dalla meraviglia, Tartarin lasciò cadere la balestra per terra…

— Caspio!… Mai esistito!… Che diavolo dite, voi!…

— Domandatelo a questi signori.

L'accademico Astier-Réhu, in aria solenne, con le sue tre pappagorge ripiegate sulla cravatta bianca, affermò:

— È una leggenda danese.
— Islandica... — corresse Schwanthaler, non meno maestoso.
— Saxo Grammaticus racconta che un valoroso arciere chiamato Tobe o Paltanoke...
— Sta scritto nel Vilknasaga...
a due:

fu condannato dal re di
Danimarca Aroldo dai
denti azzurri...
che il re d'Islanda Necding...

Con lo sguardo fisso, col braccio teso, senza guardarsi né intendersi, i due uomini celebri declamavano insieme come in cattedra, col tono dottorale e dispotico del professore sicuro di non esser mai contraddetto. E si riscaldavano, vociferavano dei nomi, delle date: Justinger di Berna! Giovanni di Winterthur!...

A poco a poco la discussione divenne generale, agitata, furibonda, fra tutti i visitatori. Brandivano gli sgabelli pieghevoli, gli ombrelli, le sacche da notte; e il povero pittore andava dall'uno all'altro, predicando concordia, tremando per la solidità dell'impalcatura. Quando fu calmata la bufera, volle continuare il suo disegno, e cercò il misterioso alpinista; quello di cui solamente le pantere dello Zaccar e i leoni dell'Atlante avrebbero potuto dire il some.

L'alpinista era scomparso.

In quel momento misurava a passi concitati un sentiero in salita verso l'Albergo della Tellsplatte, dove il corriere dei Peruviani doveva passare la notte: e sotto l'impressione amara del suo disinganno parlava forte e ficcava rabbiosamente la punta dell'alpenstock nel terreno molle.

Mai esistito, Guglielmo Tell!... Guglielmo Tell una leggenda!... E questo lo diceva tranquillamente il pittore incaricato di eseguire gli affreschi della Tellsplatte!... Glie ne serbava rancore come di un sacrilegio; e ne voleva male ai dotti, a questo secolo incredulo, empio e demolitore, che non rispetta nulla, né gloria, né sventura, corpo di fra de Dinci!...

Così fra due, fra trecento anni, quando si venisse a parlare di Tartarin, potrebbero scappar fuori degli Astier-Réhu, degli Schwanthaler, a sostenere che Tartarin non è esistito mai, che è stata una leggenda provenzale o barbaresca!... E si fermò, soffocato dall'indignazione e dalla salita, mettendosi a sedere sopra un sasso.

Di là, fra i rami degli alberi, si scorgevano i muri della Cappella, bianchi come quelli di un mausoleo nuovo. Da lungi il muggito del vapore e la risacca delle onde sullo sbarcatoio annunziavano l'arrivo di nuovi visitatori. Si aggruppavano sulla sponda con la guida in mano; si avanzavano gesticolando con gravità, come gente che si raccontava *la leggenda*. E tutto a un tratto, per un improvviso rovesciamento d'idee, gli venne fatto di vedere tutto il grottesco della faccenda.

Vide tutta la Svizzera storica, che vive a spese di quest'eroe immaginario, che innalza in onor suo le cappelle e le statue sulle piazzette delle piccole città e nei musei delle città grandi; che bandisce le feste patriottiche cui affluiscono da tutt'i cantoni i cittadini con le bandiere in capofila; e i banchetti, e i brindisi, e i discorsi, e le acclamazioni, e le cantate, e le lagrime erompenti dai petti commossi... tutto questo per il gran patriota che ognuno sa non esser mai esistito!...

E si dice di Tarascona!... Quella sì che è una Tarasconata; e tale che laggiù non si è mai inventato di certo nulla di somigliante!...

Tornato così di buon umore, Tartarin arrivò in quattro salti alla strada maestra di Fluelen, sulla quale l'albergo della Tellsplatte espone la sua lunga facciata a persiane verdi. I viaggiatori, aspettando il segnale del pranzo, passeggiavano su e giù dinanzi a una grotta artificiale con cascata d'acqua, per la strada maltrattata dalla pioggia, dove le diligenze con le stanghe a terra si vedevano tutte in fila tra le pozzanghere lumeggiate dai raggi d'un tramonto color di rame.

Tartarin cercò notizie dell'uomo che gli abbisognava. Gli dissero che era a tavola. — «Conducetemi da lui, to'...» rispose, con tale accento di autorità, che malgrado la rispettosa ripugnanza di ognuno a incomodare un personaggio di tanta importanza, una servetta si decise a guidare l'Alpinista per tutto l'albergo, dove il suo passaggio produsse il solito effetto, fino al celebre corriere che pranzava solo in una saletta sul cortile.

— Signor... — disse Tartarin entrando col suo piccone in spalla — vi prego scusarmi se...

E si fermò stupefatto; mentre il corriere, lungo, magro, col tovagliolo sotto al mento in mezzo alla nube odorosa della minestra calda, lasciava andare il cucchiaio.

— Gua'... il signor Tartarin!...

— To'... Bompard!...

Era Bompard, l'antico gerente del Circolo, buon ragazzo ma afflitto da una immaginazione così prodigiosa che non gli permetteva di dir mai una parola di vero, tanto che a Tarascona lo chiamavano *l'Impostore*. Impostore a Tarascona!... pensate voi che cosa doveva essere!... Ed ecco la guida incomparabile, quella che era salita stille Alpi, sull'Himalaya, sui monti della Luna!...

— Oh! allora... capisco... — fece Tartarin un po' scosso; ma pure tutto allegro di inciampare in una figura conosciuta, e di sentire la deliziosa cadenza paesana.

— Viceversa poi, caro signor Tartarin, lei pranza con me, gua'!...

Tartarin accettò con piacere, gustando il piacere di sedere a un tavolino amico, con due posate una in faccia all'altra, senza la più piccola coppa di cristallo controversa; e di poter parlare bevendo, parlare mangiando, e mangiando roba buona, naturale, e cucinata a garbo; visto che i signori corrieri sono trattati splendidamente dagli albergatori, serviti a parte, coi vini migliori e con le vivande preparate apposta.

Ah! se ne dissero dei to', dei gua', dei presempio!...

— E allora, amico mio dolce, era tua la voce che sentivo

stanotte lassù, sul belvedere...

— La mia proprio!... Facevo ammirare a tutte quelle ragazze... Bella cosa, non è vero, il sorgere del sole sul Righi?...

— Una meraviglia!... — disse Tartarin senza nessuna convinzione da principio, e per non dare una smentita al compagno, ma entusiasticamente a sua volta dopo un minuto. E faceva un curioso effetto sentire i due Tarasconesi celebrare il magnifico panorama che si gode dal Righi. Pareva di ascoltare Joanne a conversazione con Bædeker!...

Poi, a misura che il pranzo andava innanzi, il dialogo si faceva più confidenziale e passava dal *lei* al *voi* e dal *voi* al *tu*, secondo la bella usanza meridionale. Il chiacchiericcio diventava più intimo, più pieno di effusioni e di proteste, che facevano spuntare delle vere lagrime da quegli occhi provenzali, piccoli e vivaci, ma sempre animati da un certo riflesso di monelleria e di scherno nelle loro facili emozioni. Da quel lato solo i due amici si rassomigliavano; benché uno fosse tanto asciutto, marinato, stoccafissato, rinfrinzellato di rughe come un comico di professione, quanto l'altro era piccolo, rotondo, liscio, lustro e pacifico.

Ne aveva viste tante quel povero Bompard, da che aveva abbandonato il Circolo!... Quell'immaginazione insaziabile che non gli permetteva mai di star fermo, l'aveva rotolato sotto tanti cieli, per avventure diverse!... E le raccontava tutte, ed enumerava le belle occasioni di arricchire che gli erano abortite in mano... come *presempio* l'ultima sua invenzione di risparmiare al ministero della Guerra la spesa delle risuolature... Volete sapere come?... To', è semplicissimo... facendo ferrare le piante dei piedi ai soldati!...

— Corbezzoli!... — esclamò Tartarin spaventato.

Bompard continuava, sempre calmo, con quella sua solita cera di pazzo serio:

— Un'idea grande, eh?... Be', al Ministero non mi hanno nemmeno risposto... Ah! caro signor Tartarin, ne ho passati, io, dei brutti momenti; ne ho mangiato del pan di miseria, avanti d'entrare al servizio della Società...

— Che società?...

Bompard abbassò subitamente la voce:

— Zitto... non è questo il luogo... parleremo più tardi...
— Poi riprendendo l'intonazione naturale: — e viceversa, voi altri a Tarascona, che cosa fate?... Non mi avete detto ancora che cosa venite a cercare, voi, in queste nostre montagne...

Allora toccò a Tartarin a sfogarsi. Senza collera, ma con quella malinconia di stanchezza, con quella noia che prende — quando invecchiano — i grandi artisti, le belle donne, tutti i conquistatori di cuori e di popoli, narrò l'ingratitudine dei suoi compatrioti, la congiura ordita per rapirgli la presidenza, e la risoluzione presa di compiere un atto di eroismo, una grande ascensione... lo stendardo Tarasconese piantato più su di quanto fosse stato finora, per provare agli Alpinisti di Tarascona ch'egli era sempre degno... sempre degno... L'emozione gli strozzò la voce... non poté continuare... Poi aggiunse:

— Tu mi conosci, Gonzaga... — E nulla al mondo potrebbe rendere quel che c'era di tenero, di carezzoso, in cotesto nome da trovatore pronunziato in quel modo... Pareva una stretta di mano, un abbraccio per avvicinare al cuore. — Tu mi conosci, via!... Tu sai se mi son fatto pregare per marciare incontro al leone; e durante la guerra, quando abbiamo disposto insieme la difesa del Circolo...

Bompard crollò la testa con una mimica terribile. Gli pareva proprio d'esserci ancora...

— Be', caro mio... quel che non hanno potuto fare i leoni né i cannoni Krupp... lo hanno fatto le Alpi!... Ho paura!...

— Tartarin... non lo dire...!

— Perché?... — domandò l'eroe con una gran semplicità... — Dal momento che è vero...

E tranquillamente, senza pompa, confessò l'impressione che gli aveva fatto il disegno di Gustavo Dorè, quella catastrofe del monte Cervino che gli era rimasta negli occhi.

Temeva i pericoli di quel genere... e perciò, sentendo parlare d'una guida portentosa, capace di fargli evitare siffatti rischi, era venuto a mettersi nelle sue mani.

E con la voce più tranquilla aggiunse:

— Tu non hai mai fatto la guida, eh!... Gonzaga?...

— Ma sì... — rispose Bompard, sorridendo... — solamente, non ho mica fatto tutto quel che ho raccontato.

— S'intende!... — approvò Tartarin.

E l'altro parlando fra i denti:

— Usciamo un po' di qui, sulla strada... saremo più liberi per chiacchierare...

La notte cadeva. Un soffio tepido, Umidiccio, trascinava le nubi nereggianti e lanose per il cielo su cui il tramonto aveva lasciato delle strisce come di polvere grigia. Andavano a mezza costa nella direzione di Fluelen, incrociandosi per via con altre ombre di viaggiatori affamati che rientravano all'albergo; e ombre essi stessi, senza parlare, arrivarono al Tunnel che traversa la strada, aperto in grandi arcate lungo la spalletta dalla parte del lago.

— Fermiamoci qui... — disse Bompard con quel vocione cavernoso che esplose sotto la vòlta come un colpo di cannone. E seduti sul parapetto, contemplarono l'ammirabile veduta del lago. In primo piano i precipizî piantati di abeti e di faggi neri, fitti, foltissimi; più indietro le alte montagne, dalle cime ondeggianti come cavalloni; poi altre montagne sfumate come nuvole in un colore azzurro ed incerto; nel mezzo la striscia bianca del ghiacciaio solidificato nella valle... che tutto a un tratto s'illuminava di fuochi iridati, gialli, rossi, verdi... Illuminavano la montagna coi fuochi di bengala!...

Da Fluelen partivano i razzi, che su in alto si sparpagliavano in stelle multicolori; e i lampioncini veneziani andavano e venivano sul lago in battelli invisibili, che portavano in giro della gente in festa accompagnata dalla musica.

Un vero scenario da *féerie*, nella cornice delle muraglie di granito, fredde e regolari, del tunnel.

— Che paese curioso, *presempio,* questa Svizzera!… — esclamò Tartarin.

Bompard si mise a ridere.

— Ah! gua'… la Svizzera… Già, prima di tutto, la Svizzera non c'è…!

V.

Confidenze sotto un tunnel.

— La Svizzera, ora come ora, to'… non è altro, caro signor Tartarin, che un vasto stabilimento aperto da giugno a settembre, un Casino panoramico dove si viene a distrarsi, da tutte le parti del mondo, e che è esercitato da una Società ricca sfondata, a millanta mila milioni, con sede a Ginevra ed a Londra. Ce ne volevano dei quattrini, pensateci un po' sopra, per prendere a fitto, rabberciare e mettere in ghingheri tutto questo territorio, laghi, foreste, montagne e cascate; per mantenere un popolo d'impiegati e di comparse; e stabilire sui più alti pinnacoli degli alberghi di lusso, con gas, telegrafo, telefono, e via discorrendo.

— Eppure dice bene… — pensava a voce alta Tartarin che si rammentava il Righi.

— Se dico bene!… ma aspettate a veder tutto… Inoltratevi un po' più addentro nel paese, e non troverete un cantuccino che non sia decorato e seminato di meccanismi come un palcoscenico: cascate illuminate a giorno, contatori all'ingresso dei ghiacciai; e per le ascensioni poi, una farragine di strade ferrate idrauliche e funicolari. Pur tuttavia, la Società, per un certo riguardo alla sua clientela di *rampicatori* inglesi e americani, ha voluto conservare ad alcune Alpi più celebri, come la *Jungfrau*, il *Monaco*, il *Finsteraarhorn*, la loro fisionomia selvaggia e il loro aspetto pericoloso; sebbene in realtà nemmeno su quelle ci sieno maggiori pericoli che altrove…

— Ma *presempio*, i crepacci… caro amico… quei maledetti

crepacci... Se uno ci casca dentro...

— Casca sulla neve, signor Tartarin, e non si fa nessun male; e trova sempre laggiù in fondo un portinaio, un cacciatore, un cameriere, qualcheduno che lo raccatta, lo spazzola, lo ripulisce, e gli domanda graziosissimamente: — Lei ha *bagagli*?...

— Ché!... ma che mi racconti, Gonzaga?...

E Bompard sempre più serio.

— Il mantenimento dei crepacci è una delle spese più forti della Società.

Ci fu un momento di silenzio sotto il tunnel, le cui vicinanze si erano come addormentate. I fuochi si erano spenti, non c'era più polvere per aria, né barchette nell'acqua; ma si era alzata la luna che mostrava un altro paesaggio convenzionale, azzurrognolo, fantastico, con certe ombre d'una oscurità impenetrabile...

Tartarin esitava a prestar fede al suo vecchio camerata. Pur tuttavia quando ripensava a tutto quel che aveva visto di straordinario in quattro giorni, al sole del Righi, alla leggenda di Guglielmo Tell, le invenzioni di Bompard gli parevano perfettamente verisimili... E questo perché ogni Tarasconese è bravissimo per darla a bere... ma beve anche lui... e come beve!...

— Viceversa però, amicone mio, come si spiegano allora certe catastrofi, spaventose... quella del Monte Cervino, *presempio*?...

— Sedici anni fa!... La Società non era ancora costituita.

— Ma l'anno passato, to'... la catastrofe del Wetterhorn, due guide seppellite insieme coi viaggiatori...

— Una volta ogni tanto, via, ci vuole... per attirare gli alpinisti. A una montagna dove nessuno si fracassa mai la testa... gl'inglesi non ci vengono più!... Da qualche tempo il Wetterhorn faceva pochi quattrini; con quel piccolo *fatto diverso* l'incasso è cresciuto subito...

— E allora le due guide?...

— Stanno benissimo di salute come i viaggiatori. Solamente li hanno fatti sparire... mantenuti all'estero per cinque o sei mesi. Una pubblicità che costa caro; ma la Società è abbastanza ricca per permettersi cotesto lusso...

— Senti, Gonzaga...

Tartarin s'era alzato e appoggiava una mano sulla spalla dell'antico gerente del Circolo.

— Tu non vorresti di certo che m'accadesse una disgrazia, eh?... Dunque insomma, parlami francamente... I miei mezzi come alpinista tu li conosci... sono... mediocri...

— Mediocrissimi, signor Tartarin.

— Sei di opinione che io possa, senza espormi troppo, tentare l'ascensione della Jungfrau?...

— Resto mallevadore io... la mia testa sotto la mannaia, signor Tartarin... Non avete da fare altro che fidarvi alla guida.

— E se mi piglia la vertigine?

— Chiudete gli occhi...

— E se scivolo?

— Lasciatevi scivolare... È come al teatro, to'... ci sono i praticabili, non si arrischia nulla...

— Ah! se ti avessi sempre con me per dirmelo, per ripetermelo... Su via, vecchio mio, una bella risoluzione... accompagnami...

Bompard non domanderebbe di meglio, poveraccio!... ma è impegnato coi Peruviani fino al termine della stagione... e poiché Tartarin si meraviglia di vedergli accettare un impiego così subalterno:

— Ma che volete!... — aggiunse. — È per patto di scrittura. La Società ha diritto d'impiegarci come le fa più comodo...

E qui comincia a contare sulle dita tutte le *parti* che ha recitate da tre anni... guida nell'Oberland, suonatore di corno nelle Alpi, vecchio cacciatore di camosci, antico soldato di Carlo decimo, pastore protestante sulla montagna...

— Vale a dire?... — domandò Tartarin tutto sorpreso...

E l'altro con la sua aria tranquilla:

— Ma sì... quando viaggiate nella Svizzera tedesca, alle

volte vi vien fatto di vedere, a delle altezze vertiginose, un pastore protestante che predica all'aria aperta, ritto sopra una rupe o seduto in pulpito entro un tronco d'albero. Intorno a lui si aggruppano, in atteggiamenti pittoreschi, i caprari, i formaggiai coi loro berretti di cuoio fra le mani, le donne vestite e pettinate secondo il figurino del loro cantone. E il paesaggio è grazioso: le pasture verdeggianti o falciate di fresco, le cascate d'acqua spruzzanti fin sulla strada e gli armenti coi sonagli pesanti al collo su tutti i ripiani della montagna. Tutta cotesta roba veh... è tutto uno scenario con le comparse. Solamente nessuno lo sa, tranne gl'impiegati della Società che sono d'accordo e hanno interesse a non palesare la cosa, per paura di aprire gli occhi alla clientela...

L'Alpinista rimase sbalordito e muto... il che in lui era il colmo dello stupore. In fondo in fondo, malgrado i dubbi che gli suscitava la veracità di Bompard, si sentiva più rassicurato, più calmo sulla faccenda delle escursioni alpine... e poco dopo il colloquio diventò più allegro. I due amici parlavano di Tarascona, delle loro risate d'altri tempi, quando, ambedue erano più giovani...

— A proposito di burlette — disse a un tratto Tartarin — al Righi-Kulm me ne hanno fatta una carina... Figurati che stamane... e qui tutto il racconto della lettera appicciata allo specchio, declamando: *Francese del diavolo* con un'enfasi...

— Una mistificazione, eh?

— Hum! chi lo sa... forse!... — disse Bompard che parve prendesse la cosa più sul serio. E cominciò ad informarsi se Tartarin, durante il suo soggiorno al Righi, non aveva avuto che dire con qualcuno, non si era lasciato scappare una parola di più.

— Ma che parola di più!... Ma che si apre mai bocca con tutti quegl'inglesi e quei Tedeschi muti come pesci sotto pretesto di buona educazione?...

Pure, riflettendoci... si rammentava d'aver rimesso al suo posto, una volta, e alla svelta, una specie di Cosacco... un certo Mi... Mila... noffe...

— Manilof... — corresse Bompard...

— Lo conosci?... sia detto fra noi, ho in idea che quel Manilof m'avesse preso a noia per causa d'una ragazza russa.

— Sì... Sonia... — mormorò Bompard, pensieroso...

— Conosci anche quella?... Ah! caro vecchio... che perla orientale! che bella tortorella bianca!...

— Sonia di Wassilief... È quella che ammazzò con un colpo di revolver a bruciapelo, in mezzo alla strada, il generale Fellanine, il presidente del Consiglio di guerra che aveva condannato suo fratello all'esilio perpetuo in Siberia...

Sonia assassina!... Quella bambinetta, quella biondina angelica!... Tartarin non ci poteva credere. Ma Bompard precisava, dava i particolari del fatto; conosciutissimo del resto. Sonia abita da due anni Zurigo, dove suo fratello Boris, scappato dalla Siberia, è venuto a raggiungerla, malato di petto; e tutta l'estate lei lo passeggia all'aria buona in montagna. Il Corriere li ha incontrati spesso, circondati dai loro amici che sono tutti cospiratori esiliati. I Wassilief, intelligentissimi, energici, provvisti ancora di un resto di patrimonio, sono a capo del partito nichilista; insieme a Bolibine, che assassinò il Prefetto di polizia, e a quel Manilof, che l'hanno passato fece saltare in aria il *Palazzo d'inverno*.

— Caspio!... — esclamò Tartarin. — Belle conoscenze si fanno sul Righi!...

Ma quest'altra sì, che è bella!... Bompard non va ad immaginarsi che la famosa lettera è partita appunto dai Russi?... Dice lui che ci riconosce la maniera di fare dei nichilisti... Lo Czar, tutte le mattine, trova un foglio simile nel gabinetto, sotto l'asciugamani...

— Viceversa poi... — osserva Tartarin facendosi pallido... — perché coteste minacce a me?... Io che cosa ho fatto?...

Bompard suppone che lo abbiano preso per una spia.

— Io... una spia?...

— E perché no, gua'?... In tutti i centri nichilisti, a Zurigo, a Losanna, a Ginevra, la Russia mantiene con grandi spese una sorveglianza rigorosa; anzi, da qualche tempo ha preso al suo servizio l'antico direttore di polizia dell'Impero francese, con una diecina dei suoi Còrsi che stanno alle costole di tutt'i Russi esiliati, e si servono di mille travestimenti per sorprenderli. La maniera di vestire dell'Alpinista, quell'accento, quella cadenza... bastava anche meno per farlo credere un agente di polizia...

— Differentemente, perdina, mi ci fai pensare!...

— disse Tartarin... — Per tutto il tempo hanno avuto sulle calcagna un sagrato tenore di Corsica... quello doveva essere una spia di sicuro... E viceversa, io che ho da fare?...

— Prima di tutto scansare quella gente d'ora in poi... giacché vi hanno avvisato di badare alla pelle.

— Ah! giurabbrio!... il primo che si avvicina... gli spacco la testa col piccone!...

E nell'oscurità del tunnel gli occhi di Tartarin lanciavano fiamme. Ma Bompard, meno tranquillo, sapeva che l'odio dei nichilisti è terribile, che assale nelle tenebre, mina il terreno e colpisce. Il *Presidente* ha un bell'esser *forte come un cavallo*. Ma dovere star sempre in guardia contro il letto dove si dorme, contro la sedia dove uno si mette a sedere, contro l'opera morta del vaporino che a un tratto cede e determina una caduta mortale!... E la cucina *medicata!* e il bicchiere spalmato di un veleno sottile!...

— Badate bene al *kirsch* della vostra fiaschetta; al latte spumoso che vi porta il vaccaio in zoccoli. Son capaci di tutto vi dico...

— Allora to'... son... perduto!... — geme Tartarin; e afferrando la mano dell'amico:

— Gonzaga... dammi un consiglio!...

Dopo un minuto di riflessione, Bompard gli traccia il suo programma. Partire la dimane a buon'ora, traversare il lago, il colle del Brünig, dormire la sera a Interlaken. Il giorno dopo Grindelwald e la piccola Scheideck. Nella giornata seguente la Jungfrau. Poi partenza per Tarascona, senza perdere un'ora, senza voltarsi indietro.

— Partirò domani, Gonzaga... — esclamò l'eroe con la voce stentorea, e con uno sguardo di terrore all'orizzonte misterioso che la notte scura cuopriva, e al lago che nella sua calma, lumeggiata di riflessi sinistri, pareva celasse per lui nelle sue acque tutti i tradimenti.

VI.

Il colle di Brünig. — Tartarin cade in potere dei nichilisti. — Scomparsa di mi tenore còrso e di una corda avignonese. — Nuove prodezze del cacciatore di berretti. — Pan!… pan!…

— Presto, via… montate, montate…

— Ma dove, insomma dunque!… dove ho da montare?… Tutto è pieno… Non mi vogliono in nessun luogo.

Il battibecco accadeva alla punta estrema del lago dei Quattro Cantoni su quella sponda dell'Alpnach, umida, spugnosa come un delta, dove le vetture della posta si dispongono in carovana e prendono i viaggiatori allo sbarco per far loro attraversare il Brünig.

Una pioggerella fina, come di punta d'ago, cadeva giù fino dall'alba; e il buon Tartarin, imbarazzato dai suoi finimenti, aballottato dai conduttori e dai doganieri, correva da una carrozza all'altra, incomodo e sonoro come quell'uomo-orchestra delle nostre fiere di campagna, ogni movimento del quale mette in convulsione un triangolo, una gran cassa, un paio di piatti e un cappello chinese. A tutti gli sportelli lo accoglieva il medesimo grido di spavento generale, la medesima parola: «pieno!» amara e dispettosa, in tutti i dialetti; lo stesso raggomitolamento da istrici per prendere il maggior posto possibile e tener lontano un compagno di viaggio così pericoloso e rimbombante.

Il disgraziato sudava, ansava, rispondeva con dei «giurammio!» e con gesti disperati al clamore impaziente di tante bocche: «*Andiamo… En route… All right… vorwärts!…*» I cavalli scalpitano, i cocchieri bestemmiavano. Alla fine il conduttore della Posta, uno grande, rosso, in uniforme e berretto d'ordinanza, ci mise le mani lui; e aprendo per forza lo sportello d'una carrettella col mantice tirato su, spinse Tartarin, lo sollevò come una valigia, lo ficcò dentro... poi rimase ritto e maestoso sul montatoio, con la mano stesa per avere il suo *trinkgeld*... la mancia.

Umiliato, furibondo contro i suoi compagni di vettura che lo accettavano *manu militari*, Tartarin affettava di non guardarli nemmeno, e si sprofondava il portamonete in tasca, e accomodava il suo piccone fra le ginocchia, con dei gesti di cattivo umore, deliberatamente ruvido... da far credere che sbarcasse dal vapore di Douvres a Calais!...

— Buon giorno, signore — disse una voce armoniosa non nuova al suo orecchio.

Alzò gli occhi, e rimase colpito, atterrito dinanzi al grazioso visetto rotondo e vermiglio di Sonia, seduta in faccia a lui, sotto il mantice della carrozza dove stava riparato anche un giovinotto avviluppato nelle coperte e negli scialli, e di cui non si vedeva che la fronte livida, coronata di riccioli corti e dorati... come l'armatura de' suoi occhiali di miope. Il fratello, senza dubbio!... Un terzo personaggio li accompagnava, che Tartarin conosceva anche troppo... Manilof, l'incendiario del palazzo imperiale.

Sonia... Manilof!... era cascato in trappola!

Sicuramente si disponevano a recare ad effetto le loro minacce, proprio allora, su quel colle del Brünig così scosceso, così circondato di precipizi. E l'eroe, sorpreso da uno di quei lampi di terrore che fanno scorgere tutto intero il pericolo, ebbe la visione raccapricciante d'un Tartarin steso sul fondo pietroso d'un botro, o appeso ai rami di una quercia. Fuggire!... ma dove?... come?... Le carrozze si mettevano in moto, e sfilavano a suon di cornetta. Un nuvolo di ragazzacci correva agli sportelli offrendo i mazzolini di *edelweiss*. Tartarin, spaventato, ebbe proprio voglia di non aspettare un minuto, e di cominciare l'assalto bucando la pancia, con un colpo d'alpenstock, al Cosacco che aveva accanto... Poi, riflettendo, trovò più prudente di farne a meno. Quella gente, senza dubbio, tenterebbe il colpo un po' più tardi; in un luogo più solitario; e forse egli riuscirebbe a scendere dalla carrozza. Del resto non gli pareva più che le loro intenzioni fossero tanto feroci. Sonia gli sorrideva dolcemente coi suoi cari occhi celesti chiari; il giovinetto pallido lo guardava con interesse; e Manilof molto mansuefatto si stringeva per dargli posto, e gli faceva posare la sacca framezzo a loro due. Avevano forse riconosciuto il loro errore, leggendo nel registro del Righi-Kulm il nome illustre di Tartarin?... Volle assicurarsene; e affabile, bonaccione, cominciò a dire:

— Felicissimo dell'incontro, gioventù bella... Solamente, permettete che mi presenti da me... perché voi non sapete con chi avete a che fare, gua'?... mentre io vi conosco tutti perfettamente.

— Zitto!... — fece Sonia; la bella Sonia tutta sorridente, con la punta del suo guanto scamosciato accennandogli a cassetta, accanto al vetturino, il tenore, quello dei polsini, e l'altro giovane russo, che parlavano insieme in italiano.

Fra i nichilisti e la spia, la scelta di Tartarin non era dubbia.

— Ma, conoscete quell'uomo, *presempio?*... — diss'egli sottovoce a Sonia, avvicinando la sua testa al visetto fresco della ragazza e specchiandosi nei suoi occhi chiari, fatti ad un tratto sfavillanti e crudeli, mentre rispondeva «sì» con un batter di ciglia.

L'eroe rabbrividì; ma come si rabbrividisce al teatro... di quell'agitazione deliziosa che invade quando l'azione drammatica s'impegna, e uno si sdraia nella poltrona per veder meglio e per ascoltare con più attenzione. Personalmente fuori di causa, oramai, liberato dalle paure che gli disturbavano il sonno, e che gli avevano impedito di sorseggiare il suo caffè svizzero (pane, burro e miele), e di avvicinarsi all'opera morta del vaporino, l'amico respirava a pieni polmoni, trovava la vita comoda, e quella ragazza russa irresistibilmente attraente con il suo berrettino da viaggio e la maglia stretta al busto che le disegnava le braccia e il seno, ancora un po' piccolo ma divinamente modellato. Ed era tanto bambina!... tanto bambina per il candore del suo sorriso, per la freschezza delle sue guance, per ila grazia ingenua con cui stendeva lo scialle sulle ginocchia di suo fratello... «Stai bene?... Non hai freddo?...» Come fare a credere che quella manina, così delicata sotto il guanto scamosciato, avesse avuto il coraggio morale e la forza fisica di ammazzare un uomo!...

E nemmeno gli altri avevano l'aspetto feroce. Tutti col medesimo sorriso sulle labbra; doloroso e rassegnato nel volto bianco dell'infermo; un po' più chiassone in Manilof, che giovanissimo, con la sua barba arruffata, aveva degli scatti come uno scolaro in vacanza, delle esplosioni di gioia esuberante e rumorosa.

Il terzo compagno, quello che chiamavano Bolibine, e che chiacchierava a cassetta col cantante, si divertiva molto anche lui; e si voltava indietro ogni tanto per tradurre ai suoi amici i racconti che gli faceva il finto tenore: i trionfi suoi al teatro dell'Opera a Pietroburgo, le sue avventure amorose, i bottoni dei polsini regalati dalle signore dell'aristocrazia, bottoni straordinari con tre note musicali incise: *la, do, re... l'adoré...* E cotesto giuoco di parole, ripetuto nella carrettella, vi produceva certe risate grasse; e il tenore si pavoneggiava tanto, e si arricciava i baffi con un fare da conquistatore tanto stupido, guardando Sonia, che Tartarin cominciava proprio a domandarsi se non aveva a che fare con un vero tenore e con viaggiatori come gli altri.

Le carrozze intanto, andando sempre a gran velocità, traversavano i ponti, correvano lunghesso le sponde dei laghi, o sul ciglione dei campi fioriti e de' pomari deserti... perché era domenica e i contadini che s'incontravano per via erano tutti vestiti a festa; le donne con le trecce lunghe e le catenelle d'argento. Si cominciava a salire per l'erta fra i gruppi di querce *e* di faggi. A poco a poco, l'orizzonte meraviglioso si allargava a sinistra; ad ogni giravolta che montava in su, si scoprivano nuovi corsi d'acqua, nuove vallate da cui si slanciavano in aria i campanili delle chiesette; e laggiù in fondo la cima rutilante del Finsteraarhorn, che bianccheggiava sotto il sole rannuvolato.

Poco dopo, il sentiero si fece più cupo e d'aspetto più selvaggio. Da Una parte ombre nere e profonde, vero caos di alberi piantati sulla china, torti, nodosi, in basso dei quali rumoreggiava la schiuma d'un torrente; a destra, una rupe immensa, spenzolata sull'abisso, irta di tronchi incastrati nelle fenditure del sasso.

Nella carrettella nessuno rideva più; tutti ammiravano, alzando la testa, cercando di arrivare coll'occhio alla sommità di quella roccia, sotto alla quale si passava come sotto a un *tunnel* di granito.

— Una foresta dell'Atlante, tal e quale!… Mi per d'esserci ancora!… — osservò Tartarin con gravità. E la sua osservazione essendo passata inavvertita, aggiunse: — Senza i ruggiti del leone, per fortuna!…

— Voi, signore, li avete sentiti? — domandò Sonia.

— Se li ho sentiti… io?… — E subito con un sorriso indulgente: — Io… sono Tartarin di Tarascona, signorina.

Ma vedete un po' que' barbari!… Se avesse detto un altro nome qualunque, avrebbe fatto il medesimo effetto! Pur tuttavia l'eroe non si sdegnò, e rispose alla ragazza la quale domandava se il ruggito del leone gli avesse fatto paura: «No, signorina… il mio cammello tremava fra le mie ginocchia come avesse la febbre; ma io… visitai il mio fucile, tranquillo come dinanzi a una mandra di vacche… A una certa distanza, è la stessa voce… così, *presempio*…».

E per dare a Sonia un'idea della cosa, cacciò fuori un mugolìo formidabile che ripercosso dall'eco, corse per tutta la strada. I cavalli s'impennarono, i viaggiatori delle altre carrozze, impauriti, domandarono che cosa era accaduto; e riconoscendo Tartarin di cui la testa e l'armamento avanzavano fuori del mantice, ricominciarono a dire: «Ma chi è dunque quell'animale?…»

Lui, tranquillo, seguitava a descrivere la caccia, la maniera di assalire la belva, di atterrarla, di squartarla… e il mirino di diamanti che aggiustava alla sua carabina per tirare più sicuro, la notte... La ragazza ascoltava, piegata verso di lui, con un piccolo fremito nelle narici, attentissima...

— Ho sentito dire che Bombonnel va ancora a caccia... — domandò il fratello... — L'avete conosciuto?

— Sì... — rispose Tartarin senza entusiasmo...

— Non c'è male; ma abbiamo di meglio.

A buon intenditore... poi con un tuono melanconico:

— *Presempio*, quelle cacce alle belve procurano delle forti emozioni, e quando non si hanno più, l'esistenza sembra vuota, e si cerca come riempirla.

Manilof, che intendeva il francese senza parlarlo e che sembrava ascoltare con gran curiosità, disse qualche parola ridendo ai suoi amici.

— Manilof pretende... — riprese Sonia, spiegando — che noi apparteniamo alla medesima confraternita. Anche noi andiamo a caccia di bestie feroci...

— Sì, gua'... capisco... i lupi, gli orsi bianchi...

— Sicuro... e altre belve ancora, più nocive...

E si ricominciò a ridere rumorosamente, lungamente; ma di un riso feroce, di un riso che mostrava i denti e che faceva rammentare a Tartarin in qual compagnia si trovava.

A un tratto le carrozze si fermarono. La salita diventava più ripida e faceva a quel punto un largo giro, per raggiungere la cima del Brünig; dove si poteva arrivare più presto a piedi per una scorciatoia... venti minuti di cammino per un bosco di faggi, a picco... Malgrado la pioggia del mattino il terreno in pendìo era quasi asciutto; e i viaggiatori, profittando d'un intervallo di cielo sereno, scendevano quasi tutti, entrando uno a uno nel viottolo.

Dalla carrettella di Tartarin gli uomini misero piede a terra; ma Sonia, paurosa del fango sdrucciolevole, non si mosse; e disse all'Alpinista che si disponeva a scendere l'ultimo:

— Restate con me... tenetemi compagnia... — in un modo così carezzoso!... Il pover'uomo ne fu tutto sossopra, fantasticando un romanzo tanto delizioso che il suo vecchio cuore cominciò a palpitare violentemente.

Ma presto fu disilluso vedendo la ragazza volgersi ansiosa a guardare Bolibine e il tenore che chiacchieravano sul principio del viottolo, dietro Manilof e Boris, che già erano entrati sotto il bosco. Il finto tenore esitava. L'istinto pareva dissuaderlo dall'avventurarsi in quel luogo, in quella compagnia. Finalmente si decise; e Sonia lo guardava montare, carezzandosi la guancia pallida con un mazzetto di ciclamini violacei, specie di mammole di montagna dalla foglia colorita come un fiore.

La carrozza andava al passo; il cocchiere avanti, a piedi, coi suoi camerati... e il convoglio si componeva di quindici vetture vuote, silenziose, ravvicinate dall'andatura dei cavalli. Tartarin molto commosso, indovinando qualche cosa di sinistro, non osava volger gli occhi alla ragazza; tanto temeva che una parola, uno sguardo potessero farlo diventare attore, o almeno complice del dramma che sentiva vicino. Sonia però non faceva attenzione a lui. Teneva le pupille intente dall'altra parte, e macchinalmente continuava a carezzarsi il viso coi fiori.

— Dunque... — diss'ella, dopo un lungo silenzio... — dunque voi sapete chi siamo; io e i miei amici... Bene, via, ditemi che pensate di noi?... che ne pensano i francesi?...

L'eroe impallidì, arrossì... non voleva urtare con qualche parola imprudente degl'individui tanto vendicativi; e da un'altra parte, come venire a patti con degli assassini?... E si cavò d'impaccio con una metafora:

— Viceversa poi, signorina, mi dicevate un momento fa che noi siamo della stessa confraternita, cacciatori di mostri, di chimere, di carnivori, di... despoti. Vi risponderò dunque come un confratello in Sant'Uberto... La mia opinione è che, anche contro le belve, bisogna servirsi d'armi leali. Il nostro famoso Gérard, uccisore di leoni, adoperava le palle esplosive. Io no; e non lo approvo... Quando affrontavo il leone o la pantera, mi piantavo dinanzi alla bestia, faccia a faccia, con una buona carabina a due colpi; e pan!... pan!... una palla per occhio...

— Ne' due occhi!... — fece Sonia.

— Precisamente... e non ho mai sbagliato colpo.

E ci giurava, che gli pareva d'esserci ancora.

La ragazza lo guardava con una specie d'ingenua ammirazione, pensando ad alta voce:

— Sarebbe il colpo più sicuro!

Si sentì in vicinanza uno sfrondare di rami e di sterpi. Il macchione più prossimo si allargò, ma così presto e senza rumore, che Tartarin, con la testa piena di avventure di caccia, avrebbe potuto credersi all'aspetto nello Zaccar. Manilof saltò giù dalla rupe, leggermente, presso alla carrozza. I suoi occhi piccini luccicavano sulla sua faccia bruna tutta graffiata dalle spine; e i suoi capelli gocciolavano per l'acqua caduta dagli alberi. Ansante, con le mani corte e pelose appoggiate allo sportello, parlò in russo con Sonia, la quale volgendosi a Tartarin, gli disse concitatamente:

— La fune... via... presto...

— La... mia... fune?... — balbettò l'eroe.

— Subito... subito... ve la renderanno fra un momento.

Senza dargli altre spiegazioni, con le sue piccole dita inguantate lo aiutò a discingere la sua famosa corda fabbricata in Avignone. Manilof prese la matassa con un grugnito di gioia; in due salti e con una elasticità da gatto selvaggio sparì di nuovo sotto il macchione.

— Ma che cosa c'è?... Che cosa fanno?... Che cera feroce ha costui!... — mormorò Tartarin, esitando ad esprimersi più chiaramente.

Feroce, Manilof?... Ah! si vede bene che non lo conosceva affatto. Non c'era creatura migliore, né più tenera, né più compassionevole. E come segno caratteristico di quella natura eccezionale, Sonia, con lo sguardo limpido e celestiale, raccontava che il suo amico dopo aver compiuto un pericoloso mandato del Comitato rivoluzionario, saltando nella slitta che l'aspettava per fuggire, minacciava di scendere, a qualunque costo, se il cocchiere avesse continuato a frustare e a maltrattare il cavallo, cui era pure raccomandata la sua salvezza.

Tartarin trovò il fatto degno dei tempi antichi; ma poi, pensando a tutte le vite umane sacrificate da quel Manilof, inconscio come un terremoto o come un vulcano in eruzione, mentre non voleva che si facesse male in sua presenza a una bestia, interrogò la ragazza tutto sorpreso:

— E... morì molta gente nell'esplosione del *Palazzo d'inverno?*

— Troppa!... — rispose Sonia dolorosamente... — E il solo che doveva morire fu salvo!...

Quindi rimase in silenzio, con la testa bassa, come stizzita, ma tanto carina, con le grandi ciglia d'oro ombreggianti la guancia d'un color di rosa pallido! Tartarin non poteva perdonarsi di averle fatto pena, trascinato un'altra volta dal fascino di gioventù e di bellezza suffuso intorno a quella strana fanciulla.

— E così, davvero, la guerra che facciamo noi vi sembra ingiusta, inumana?...

Gli diceva queste parole stando vicina a lui, carezzandolo con l'alito e con lo sguardo.

E l'eroe si sentiva venir meno la forza...

— E non credete che qualunque arme sia buona per liberare un popolo che agonizza, che geme...

— Senza dubbio... senza dubbio...

E la fanciulla, più stringente a misura che Tartarin mostrava d'esser più debole:

— Mi avete parlato poco fa del vacuo della vita da colmare; ma non vi sembra più nobile, più interessante, più sublime rischiare questa misera vita per una grande causa, piuttosto che avventurarla uccidendo dei leoni e inalzandosi alla cima de' ghiacciai?...

— Eh!... il fatto sta che... — disse Tartarin fuori di sé, e torturato dalla voglia pazza, irresistibile, di prendere e di baciare quella manina ardente e persuasiva ch'ella appoggiava sul suo braccio, come lassù in cima al Righi-Kulm, quando le rimetteva lo scarpino. Alla fine, non potendo più reggere:, e afferrando quella mano inguantata fra le sue:

— Sentite, Sonia... — diss'egli con una vociona paterna

e familiare. — Sentite, Sonia...

Una fermata improvvisa della carrettella lo interruppe. Erano arrivati alla sommità del Brünig. Vetturini e viaggiatori cercarono le loro carrozze per riguadagnare il tempo perduto, e arrivare con una galoppata al villaggio vicino, dove si doveva far colazione e cambiare i cavalli. I tre russi ripresero il loro posto, ma quello del tenore restò vuoto.

— Quel... signore è salito in una delle prime carrozze... — disse Boris al cocchiere che ne domandava; e poi volgendosi a Tartarin che era visibilmente inquieto, aggiunse:

— Bisognerà andargli a richiedere la vostra corda... l'ha voluta con sé.

E qui nuove risate nella carrettella; e nuova perplessità del bravo Tartarin che non sapeva qual cosa pensare né credere di fronte al buon umore e alla semplicità dei pretesi assassini. Nell'accomodare intorno al suo caro ammalato la coperta e gli scialli, Sonia raccontava in russo la sua conversazione con l'alpinista, gridando ogni tanto: *pan... pan...* con una voce squillante che i suoi compagni imitavano, gli uni ammirando l'eroe, Manilof, incredulo, crollando la testa.

— Alt!... si cambiano i cavalli.

Sulla piazza di un grosso villaggio: il convoglio si ferma dinanzi ad un vecchio albergo di legno intarlato e crollante, con l'insegna impiccata a un arpione arrugginito. Mentre si stacca, i viaggiatori affamati scendono precipitosamente, e invadono al primo piano una sala tinta di verde, che puzza di rinchiuso, dove la tavola è apparecchiata per una ventina di persone tutto al più. E i nuovi arrivati sono sessanta; di guisa che per cinque minuti è un urtarsi generale, un correre, un gridare, uno scambiarsi imprecazioni fra *Risini e Conservisti*, con grande spavento dell'albergatore, che perde assolutamente la testa come se la posta non passasse tutti i giorni alla stessa ora, e che spedisce da tutte le parti le cameriere prese anch'esse da uno sbalordimento cronico, pretesto eccellente per servire solamente la metà dei piatti e per rendere il resto in una moneta di fantasia nella quale i soldi svizzeri di metallo bianco contano per cinquanta centesimi.

— E se si facesse colazione in carrozza?... — disse Sonia, annoiata da tutto quel tramestio. Ma poiché nessuno si occupava di loro, bisognò che i giovanotti s'incaricassero del servizio. Manilof tornò con un pezzo di arrosto freddo; Bolibine con un filone di pane e delle salsicce...; ma il più svelto provveditore fu Tartarin. Certo, l'occasione gli si presentava bella e propizia per separarsi dai suoi compagni di viaggio nella confusione della fermata; ma non ci aveva pensato nemmeno, tutto occupato unicamente della colazione *per la piccina*, e della voglia di mostrare a Manilof di che cosa sia capace un Tarasconese un po' svelto.

Quando uscì dalla porta dell'albergo, dignitoso e con lo sguardo fisso, sostenendo nelle robuste mani un gran vassoio carico di piatti, di tovagliuoli, di posate e di viveri d'ogni qualità, con due bottiglie di *champagne* svizzero dal collo dorato, Sonia applaudì e gli fece i suoi complimenti:

— Ma come avete fatto?...

— Non lo so... quando uno c'è ci sa stare, e ci riesce gua'... Tutti così, siamo, a Tarascona...

Oh!... momenti felici! Rimarrà come un bel ricordo nella vita dell'eroe, quella colazione in faccia a Sonia... quasi sulle sue ginocchia; in una scena come d'operetta; la piazza rustica dalle verdi fronde sotto le quali brillano i ricami d'oro e le vesti di colore delle ragazze svizzere, tutte pompose, a braccetto, due a due, come pupattole...

Come gli sembrava buono il pane! come erano saporite le salsicce!... Cospirava alla sua felicità perfino il cielo clemente, temperato e pietoso. Pioveva senza dubbio; ma pioveva tanto poco... una gocciola ogni tanto... così, per annaffiare lo *champagne* svizzero, pericoloso per le teste meridionali.

Sotto la veranda dell'albergo, un concerto tirolese, composto di due giganti e due nani vestiti di cenci a colori vivaci che parevano raccattati nel fallimento d'un teatro di fiera, faceva un chiasso indiavolato mescolando le note gutturali... *aù... lalà itù...* all'acciottolìo dei piatti e dei bicchieri. Erano brutti, stupidi, immobili, con le corde del collo tirate come tubi di piombo!... Tartarin li trovò deliziosi e gettò loro delle manate di soldi, con gran meraviglia dei contadini che si affollavano intorno alla carrozza staccata.

— Fifa la Vranzia!... — belò una voce fra la folla, da cui si vide uscire un vecchio alto della persona, vestito d'uno straordinario abito turchino a bottoni d'argento, con le falde sino a terra e in capo uno *shakó* gigantesco modellato come una zangola, e tanto pesante col suo gran pennacchio che obbligava il vecchio a camminare dondolando le braccia come un equilibrista.

— Fecchio soltato... Carlo tecimo...

Il Tarasconese, che aveva ancora freschi nella testa i racconti dell'amico Bompard, si mise a ridere, e disse sottovoce strizzando l'occhio:

— Ho capito... galantuomo... Ho mangiata la foglia... — Ma ad ogni modo gli mise in mano una moneta e gli offrì un bicchiere di vino che il vecchio accettò strizzando l'occhio anche lui, senza sapere perché. Poi svitandosi dall'angolo della bocca una enorme pipa di porcellana, alzò il bicchiere e bevve: *Alla salute della Società*... il che confermò Tartarin nella sua opinione che aveva da fare con un collega di Bompard.

E che importa?... Un brindisi ne chiama un altro.

E alzandosi in piedi, nella carrozza, col bicchiere in alto e la voce robusta, Tartarin si fece venire le lagrime agli occhi bevendo prima: «alla Francia, alla sua patria!...», poi: «alla Svizzera ospitale, a cui era felice di rendere pubblico omaggio per ringraziarla della generosa accoglienza che prepara a tutti gli esiliati, a tutti i vinti...» e infine, abbassando la voce, protendendo il bicchiere verso i suoi compagni di viaggio, augurò loro di entrare presto nel loro paese; di ritrovare i parenti, gli amici, gli impieghi onorifici, e la fine di tutte le dissensioni... «perché, insomma dunque, non si può passare tutta la vita a divorarsi scambievolmente!...»

Mentre durava il brindisi, il fratello di Sonia sorrideva,

freddo ed ironico, dietro ai suoi occhiali d'oro; Manilof con la testa in avanti, le sopracciglia aggrottate, domandava se il *barone* non aveva ancora finito di chiacchierare; mentre Bolibine a cassetta, facendo mille smorfie con la faccia gialla e rugosa, pareva una brutta scimmia accovacciata sulle spalle del Tarasconese.

La ragazza soltanto lo ascoltava, seria, attenta, cercando di capire quel tipo stranissimo d'uomo. Pensava egli tutto quel che diceva?... Aveva fatto tutto quel che raccontava?... Era un pazzo, un commediante, o solamente un chiacchierone come giudicava Manilof; il quale, essendo un uomo di *fatti*, dava a quella parola il significato più dispregiativo?...

Il momento della prova era vicino. Finito il brindisi, Tartarin si era rimesso a sedere; quando una fucilata, poi due, poi tre, partite non lungi dall'albergo, lo fecero saltare in piedi di nuovo, tutto eccitato, con l'orecchio teso, fiutando l'odore della polvere.

— Chi ha sparato?... Che è?... Dov'è?...

Nel suo cervello immaginoso sorgeva l'idea d'un dramma; l'assalto delle carrozze a mano armata, l'occasione di difendere la vita e l'onore della bella fanciulla... Ma niente affatto... i colpi venivano semplicemente dal *Tiro* dove la gioventù del villaggio si esercita al bersaglio tutte le domeniche. E poiché i cavalli non erano ancor attaccati, Tartarin propose, così senza affettazione, di farci una visitina. Lui aveva il suo secondo fine proponendo, e Sonia il suo accettando. Guidati dal *fecchio soltato* barcollante sotto lo shakò, traversarono la piazza, si aprirono la via fra la folla, ed entrarono seguiti dai curiosi.

Coperto d'una tettoia di paglia, retto da pilastri di legno rozzo, il *Tiro* aveva l'aspetto d'uno de' nostri bersagli da fiera (e magari un po' più rustico); con la differenza che colà i dilettanti ci portano le armi del proprio; vecchi fucili a bacchetta di antico modello, che maneggiano con una certa abilità.

Serio, con le braccia incrociate, Tartarin giudicava i colpi ad alta voce, criticava, dava dei consigli; ma non tirava. I Russi, che stavano a vedere, si facevano dei segni fra loro.

— *Pan... pan...* — gracidò Bolibine, facendo il gesto di prender la mira e imitando la voce di Tartarin.

L'Alpinista si volse, tutto rosso e bollente di collera:

— Sicuro to'... giovinetto... precisamente: *Pan... pan!...* e quante volte vi piace.

Il tempo di armare una vecchia carabina a due canne, che aveva dovuto servire a dieci generazioni di cacciatori di camosci; e *pan... pan...* le due palle colpirono successivamente in brocca. Grida di ammirazione si alzarono da ogni parte. Sonia trionfava; Bolibine non rideva più...

— E questo è nulla!... — urlò Tartarin. — Vi farò vedere io...

E non bastandogli il *tiro*, cercò un altro bersaglio, qualche cosa da buttar giù; mentre la folla indietreggiava spaventata dinanzi a quello stravagante Alpinista, tozzo, eccitato, con la carabina in pugno, che voleva scommettere sol vecchio soldato di portargli via la pipa di bocca, con un colpo a cinquanta passi. Il vecchio fuggì via, gridando atterrito e si confuse nella folla, sulle cui teste si vide da lontano tentennare lo spennacchio barcollante. Ma Tartarin, *viceversa*, vuol collocare una palla in qualche luogo. — «To' *presempio*, come a Tarascona!...». E l'antico cacciatore di berretti si cavò il suo, lo lanciò in aria con tutte le forze de' suoi muscoli doppi, tirò a volo, e traversò il berretto da parte a parte. — Bravo!... — gridò Sonia... — e passò nel foro della palla il mazzetto di fiori montanini che poco prima le accarezzava la gota.

Con quel grazioso trofeo, Tartarin rimontò in carrozza. Si sentì il suono della cornetta, e la carovana si mise in moto, i cavalli trottarono a rotta di collo per la scesa di Brienz, meravigliosa strada a terrazza, praticata a forza di mina sul fianco della montagna. Una fila di paracarri di pietra, collocati di due metri in due metri, separa la carreggiata da un precipizio di oltre mille piedi d'altezza... ma Tartarin non avvertiva il pericolo, non guardava il paesaggio, non aveva occhi per la vallata del Meiringen inondata da vapori d'acqua, traversata dal fiume in linea retta; né per il lago, né pei villaggi che si aggruppano in lontananza sull'orizzonte montano, né per i ghiacciai che si confondono con le nubi, o cambiano aspetto ad ogni voltata di strada; o si spostano, si coprono e si scoprono alternativamente come pezzi di scenario smossi.

Raddolcito dai pensieri amorosi, l'eroe non vedeva più che la bella ragazza seduta in faccia a lui; pensava che la gloria è solamente una mezza felicità, che è triste invecchiare solo nella grandezza, come Mosè... e che quel fiorellino del Nord, trapiantato nel giardino di Tarascona, ne rallegrerebbe la monotonia... più piacevole certo a contemplare dell'eterno *baobab*, dell'*arbor gigantea*, nel suo vasetto minuscolo.

Anche Sonia co' suoi occhi ingenui, e la fronte energica e pensosa, guardava lui, e sognava... Ma Dio sa che cosa sognano le ragazze!...

VII.

Notti tarasconesi. — Dov'è... — Ansietà. — Le cicale del Corso chiamano Tartarin. — Martirio di un gran santo paesano. — Il Club delle Alpine.— Che cosa accadeva nella farmacia della piazzetta. — Bézuquet, aiuto!

— Una lettera per lei, signor Bézuquet!... Viene dalla Svizzera, sa... dalla Svizzera!... — gridava allegramente il postino dall'altra parte della piazzetta, agitando qualcosa per aria e affrettando il passo nella penombra della sera.

Lo speziale, che prendeva il fresco in maniche di camicia davanti alla porta della bottega, saltò su in fretta, s'impadronì della lettera con le mani convulse, corse a nasconderla nella sua caverna dai mille odori di tinture e d'erbe medicinali; ma non l'aprì se non quando il postino se ne fu andato via, rinfrescato e regalato d'un bicchierino di siroppo di *cadavere*, per mancia.

Erano quindici giorni che Bézuquet aspettava quella lettera; quindici giorni che faceva la posta al fattorino, angosciosamente. E adesso la teneva in mano. E solamente a vedere il carattere tondo e largo della busta, e il nome dell'ufficio postale: *Interlaken;* e il bollo violetto: *Albergo della Jungfrau condotto da Meyer;* le lagrime gli gonfiavano gli occhi, e bagnavano i suoi ruvidi mustacchi di corsaro barbaresco, tra i quali sibilava il solito fischietto bonaccione.

«Confidenziale: da stracciarsi dopo letta».

Coteste parole scritte a caratteri grandi in cima alla pagina, e proprio nello stile telegrafico della farmacopea — *uso esterno, scuotere la boccetta prima di servirsene* — lo turbarono al punto che lesse forte, come si parla a voce alta nei sogni cattivi:

«*Quello che mi accade e spaventevole...*».

Dal salotto accanto dove faceva il suo sonnellino dopo mangiato, la mamma Bézuquet poteva sentir tutto; come pure il giovine di farmacia che fin fondo al laboratorio faceva risuonare il mortaio di marmo a colpi regolari di pestello. Lo speziale continuò dunque la sua lettura a bassa voce; ritornò da capo due o tre volte, pallidissimo, i capelli ritti sulla fronte. Poi dette una rapida occhiata intorno a sé, e... *era, era*, fece la lettera in mille pezzi e la gettò nel cestino... Però qualcheduno poteva ritrovarla, riappiccicarne i pezzetti... no... non andava bene... Ma intanto che si chinava a terra, per riprenderli, una voce tremolante chiamò:

— Ferdinando?... dove sei?...

— Son qui, mamma... — rispose il poveruomo spaventato, rannicchiandosi sotto il tavolino.

— Che cosa fai, tesoro?...

— Faccio... to'... faccio l'acqua da occhi per la signorina Tournatoire.

E la vecchia si riaddormentò; e il pestello del garzone, rimasto fermo un momento, riprese la sua lenta e regolare andatura di orologio a pendolo che cullava la casa e la piazzetta, assopite nella fatica di quella sera d'estate. Bézuquet, in quel punto, camminava su e giù dinanzi alla porta della bottega, rosso o verde secondo che passava davanti all'uno o l'altro dei grandi barattoli col lume di dietro. E alzava gli occhi al cielo, e si lasciava sfuggire delle parole vaghe... disgraziato... rovinato... fatale amore... come salvarlo!... e intanto, malgrado il suo sgomento, accompagnava col solito fischietto allegro la ritirata dei dragoni, che passava sotto i platani del viale.

— Ohè... addio, Bézuquet... — esclamò un'ombra frettolosa nel crepuscolo cenerognolo...

— Dove andate eh, Pégoulade?...

— Al Club, per brio...! seduta di notte... si parlerà di Tartarin e della presidenza... Dovreste venire anche voi...

— To'... sicuro che vengo... — rispose bruscamente il farmacista, colpito da un'idea provvidenziale. E rientrò in bottega, s'infilò la giacca, si tastò nelle tasche per assicurarsi che aveva la chiave e il *pugno di ferro* senza del quale nessun Tarasconese si arrischia fuor di casa dopo la ritirata. Poi chiamò: «Pascalon... Pascalon...», ma non tanto forte, per non svegliare la mamma.

Sempre ragazzo e di già calvo, come se avesse portato tutti i capelli nella barba ricciuta e bionda, Pascalon aveva l'anima esaltata di un settario, la fronte sporgente, gli occhi di pecora pazza; e sulle gote paffutelle i colori delicati e caldi d'un panino ben cotto. Nei giorni solenni delle feste alpine, il Club affidava a lui la bandiera; e Pascalon aveva consacrato al P. C. A. un'ammirazione frenetica... l'adorazione ardente del cero che si consuma a piè dell'altare, al tempo della Pasqua.

— Pascalon... — disse lo speziale sotto voce e tanto da vicino che il crine de' suoi baffi gli faceva il solletico all'orecchio... — Ho avuto notizie di Tartarin... notizie strazianti...

E vedendo che impallidiva:

— Coraggio, figliuolo, siamo sempre a tempo a rimediare... Viceversa poi ti raccomando la farmacia. Se vien qualcheduno a chiedere dell'arsenico, non glie lo dare; del rabarbaro, neanche quello... Fa come ti dico io, non dar nulla a nessuno... Se non son tornato alle dieci, vattene a letto, e metti i chiavistelli... Va... va...

E con passo intrepido si dileguò nel buio del viale, senza voltarsi nemmeno un minuto... il che permise a Pascalon di precipitarsi subito sul cestino, di frugarci dentro con le mani frettolose, e di rovesciarlo finalmente sul banco, per vedere se trovava almeno qualche pezzetto della famosa lettera portata dal postino.

Per chi conosce l'esaltazione tarasconese, sarà facile immaginarsi l'aspettativa ansiosa di tutta la cittadinanza dopo l'improvvisa disparizione di Tartarin. E *viceversa, presempio* ci perdevano tutti la testa; tanto più che si era a mezz'agosto, e i crani bollivano sotto il sole in modo da buttar all'aria il coperchio. Dalla mattina alla sera non si parlava d'altro; non si sentiva altro che il nome di *Tartarin* sulle labbra strette delle signore in cappellino, e sulla bocca fiorita delle ragazzucce che portavano in capo il nastro di velluto: «Tartarin... Tartarin...!» e nei platani della Circonvallazione, coperti di polvere bianca, le cicale smarrite, vibranti alla luce del sole, pareva che ripetessero sempre quella sillaba sonora: Tar... tar... tar... tar... tar...

Nessuno sapendo niente, naturalmente tutti erano informati; e ognuno spiegava a modo suo la partenza del presidente. Si sentivano le spiegazioni più stravaganti. Chi diceva che era entrato alla Trappa, chi assicurava che era scappato con una commediante; per gli uni era andato nelle isole a fondare una colonia che si chiamava Porto-Tarascona; per gli altri percorreva il centro dell'Africa, alla ricerca di Livingstone...

— Ah! sì, gua'... Livingstone!... Son due anni che è morto!...

Ma l'immaginazione tarasconese sfida tutti i calcoli di tempo e di spazio. Il più bello si è, che tutte coteste storie di Trappa, di colonizzazione, di viaggi lontani, erano idee di Tartarin, sogni di quel povero uomo che dormiva sveglio, comunicati altra volta ai suoi amici, che poi non sapevano che cosa pensare; e seccatissimi in fondo di non conoscere la verità, simulavano con gl'indifferenti la più grande riserva e fra loro prendevano l'aria furbesca di chi sa tutto e non lo vuol dire. Excourbaniès sospettava Bravida d'essere, al corrente della cosa; e Bravida pensava dentro di sé: «Bézuquet la sa lunga. Si vede che guarda di traverso, come un cane che ha l'osso in bocca».

Vero è che lo speziale soffriva mille morti con quel segreto sullo stomaco che gli pesava, lo solleticava, lo faceva arrossire e impallidire nel momento stesso, e guardar guercio continuamente. Pensate che era nato a Tarascona; e dite se in tutto il martirologio esiste una tortura più crudele di quella; un martirio peggiore di quello di San Bézuquet, che sapeva una cosa e non la poteva dire.

Per questo appunto, quella sera, malgrado le terribili notizie ricevute, egli correva alla seduta con passo più svelto del solito. *Finalmente!*... Era venuta l'ora di parlare, di esplodere, di spifferare quel che aveva in corpo...! e nella furia di buttar fuori ogni cosa ne seminava qua e là delle mezze parole per la strada. La giornata era stata tanto calda che a dispetto dell'ora tarda e dell'oscurità spaventosa — le otto *men'un quarto* secondo l'orologio comunale — il Corso era pieno di gente, e nel viale le famiglie dei bottegai, sedute sulle panchine, prendevano la boccata d'aria; mentre le case con le finestre spalancate si rinfrescavano, e le comitive delle tessitrici giravano a braccetto, a cinque e sei in fila, chiacchierando e ridendo.

— E così dunque, eh, signor Bézuquet... sempre senza lettere?... — domandavano allo speziale fermandolo per via...

— Ma sì, ragazzi, ma sì... Leggete il *Fòro* domani.

E affrettava il passo; ma gli correvano intorno, e lo prendevano per le falde; e tutto questo faceva per il Corso un gran rumore, come la scalpiccio di un branco di pecore che si fermasse sotto le finestre del Club, tutte aperte e illuminate.

Le sedute si tenevano nell'antica sala da giuoco con la lunga tavola ricoperta dello stesso tappeto verde. In mezzo il seggiolone presidenziale, col P. C. A. ricamato nella spalliera. Da un lato, e come in sott'ordine, la sedia del segretario. Più indietro stava la bandiera, accanto a una gran carta topografica in rilievo, dove le Alpine erano raffigurate e distinte coi loro rispettivi nomi e con le altitudini; degli *alpenstock* d'onore intarsiati d'avorio, riuniti in fasci come stecche da biliardo, adornavano gli angoli; e una vetrina da una parte chiudeva qualche curiosità raccolta sulla montagna, cristalli, selci, pietrificazioni, due pizzughe, una salamandra.

In mancanza di Tartarin, Costecalde ringiovanito, raggiante, occupava il seggiolone; la sedia era per Excourbaniès che faceva da segretario. Ma quel diavolo d'uomo, crespuoto, barbuto, peloso, sentiva un tal bisogno di rumore e di agitazione che gl'impieghi sedentari veramente non erano fatti per lui. Al minimo pretesto, alzava le braccia, moveva le gambe, cacciava urli terribili, gridava: *ah! ah! ah!* con un vigore eccessivo e finiva poi col suo tremendo grido di guerra in vernacolo tarasconese: «*Fen dé brut!...* facciamo del chiasso!...» Tutti lo chiamavano il *Trombone* a causa della sua voce metallica che squarciava le orecchie.

Qua e là, sopra il divano di crine attorno alla sala, i membri del Comitato.

Al primo posto l'antico ufficiale d'Amministrazione Bravida, che a Tarascona tutti chiamavano il *Comandante;* un ometto piccino, pulito come un soldo lustro, che in compenso della sua statura di *figlio del reggimento*, si faceva una testa barbuta e capellina di Vercingetorige.

Accanto a lui una faccia lunga, scarna e sofferente: Pégoulade, il ricevitore, l'ultimo naufrago della *Medusa*. A memoria d'uomini, c'è stato sempre a Tarascona un ultimo naufrago della *Medusa*. Anzi ci fu un momento in cui l'*ultimo naufrago* erano tre, che si trattavano d'impostore, reciprocamente e mai avevano acconsentito a trovarsi insieme. Di quei tre, il solo vero era Pégoulade. Imbarcato sulla *Medusa* coi suoi genitori, si era trovato nella catastrofe all'età di sei mesi... il che non gl'impediva di raccontare il fatto come testimone oculare, nelle sue minuzie: la fame, le imbarcazioni, la *zattera*, e come qualmente aveva preso per la gola il capitano che scappava, e gli aveva gridato: «Marcia al tuo banco di quarto, miserabile!...» A sei mesi!... Asfissiante, del resto, con quell'eterno racconto che tutti sapevano a mente, e lui ripeteva da cinquant'anni, prendendone pretesto per darsi l'aria stanca, annoiata della vita. — or Dopo quel che ho veduto!...» — diceva spesso; e aveva torto; perché andava debitore appunto a quello di essere stato conservato al suo posto di ricevitore sotto tutti i governi.

Vicino a Pégoulade i fratelli Rognonas, gemelli e sessagenari, sempre insieme e sempre in lite e dicendo corna uno dell'altro, ma talmente somiglianti fra loro in quelle due vecchie facce bernoccolute voltate agli antipodi per antipatia, da poter figurare in un medaglione con la leggenda comune: *Janus bifrons*.

Sparsi poi nella sala, il Presidente Bédaride, Barjavel il procuratore, il notaro Cambalalette e il tremendo dottor Tournatoire di cui Bravida soleva dire che avrebbe cavato sangue da una rapa.

A causa del caldo soffocante, aumentato dall'illuminazione a gas, quei signori stavano in maniche di camicia; il che toglieva alla riunione una gran parte della sua solennità. Vero è che c'era poca gente, e l'infame Costecalde ne voleva profittare per fissare a corta scadenza la data delle elezioni, senza aspettare il ritorno di Tartarin. Sicuro di vincere, trionfava anticipatamente; e quando dopo la lettura dell'ordine del giorno fatta da Excourbaniès si alzò per parlare, un infernale sorriso errava sul suo labbro sottile.

— D'uno che ride prima di parlare, non ti fidare... — mormorò il Comandante.

Costecalde, senza scomporsi e facendo l'occhiolino al fedele Tournatoire, cominciò con una voce piena di fiele:

— Signori: l'inqualificabile condotta del nostro Presidente e l'incertezza in cui ci lascia...

— Falsità!... il presidente ha scritto... Bézuquet fremente s'era piantato ritto, per dire a quel modo, dinanzi al seggio; ma accorgendosi dell'irregolarità della sua posizione cambiò tonò, e alzando la mano, secondo il costume, domandò la parola per una comunicazione urgente.

— Parli... parli...

Costecalde, giallo come zafferano, con la gola serrata, gli accordò la parola con un cenno di testa. Allora, ma allora solamente, Bézuquet cominciò:

— Tartarin è ai piedi della Jungfrau... Sta per salire... e chiede la bandiera!...

Ci fu un minuto di silenzio, turbato appena dal sordo ansare dei petti e dal ronzìo del gas nei beccucci, poi scoppiò un *urrà* rimbombante; grida, acclamazioni, pestate di piedi, ogni cosa dominato dal trombone di Excourbaniès che lanciava il suo grido di guerra: «Ah! ah! ah!... *Fen dé brut...*»

E la folla trepidante faceva eco di fuori.

Costecalde, giallo come un limone, dava scosse terribili al campanello presidenziale. Finalmente Bézuquet poté andare avanti, asciugandosi la fronte e soffiando come se avesse montato cinque piani di corsa.

Viceversa dunque, quella bandiera che il Presidente chiedeva per piantarla sui cacumi vergini, si doveva essa legare, imballare, spedire a gran velocità come una semplice mercanzia?...

— Giammai, ah no!... giammai!... — ruggì declamando Excourbaniès.

— Non sarebbe meglio nominare una commissione, tirare a sorte tre membri del seggio, per...?

Non lo lasciarono finire. Appena il tempo di dire «bravo!», e la proposta Bézuquet fu votata per acclamazione; e i nomi dei delegati uscirono dall'urna nell'ordine seguente: 1. Bravida; 2. Pégoulade; 3. il farmacista.

Il numero due protestò. Quel gran viaggio gli faceva paura per la sua salute; poveraccio... dopo il naufragio della *Medusa!*...

— Partirò io per voi, Pégoulade... — brontolò Excourbaniès accompagnandosi con la telegrafia di tutte le membra.

Quanto a Bézuquet, non poteva lasciare la farmacia... per rispetto alla salute pubblica. Una imprudenza dell'apprendista, e Tarascona era avvelenata, decimata...

— *Corbezzole!...* — fece il Seggio, alzandosi come un uomo solo.

Certo, Bézuquet non si poteva muovere; ma poteva mandare Pascalon... che porterebbe la bandiera sulle spalle. Era il suo solito mestiere... Quindi, nuove esclamazioni; nuovo squillo di *trombone;* e sul Corso una tal tempesta popolare, che Excourbaniès dovette mostrarsi alla finestra, e dominare il tumulto con la sua voce stentorea:

— Amici miei, Tartarin è ritrovato... ed è sulla via di coprirsi di gloria...

Senza aggiungere altro, tranne un *Viva Tartarin*, e il suo

grido di guerra lanciato a pieni polmoni, Excourbaniès assaporò per un minuto il baccano indiavolato della folla sotto gli alberi del Corso, che ondulava e si dimenava in un nuvolo di polvere; mentre sui rami lo sciame delle cicale gracchiava a crepapancia come di giorno.

A quelle grida, Costecalde, che si era avvicinato ad una finestra come tutti gli altri, tornò verso il seggiolone, barcollando.

— Gua' Costecalde... — disse qualcuno. — Che diavolo ha?... È giallo come lo zafferano...

E ognuno corse a lui... Già il tremendo Tournatoire cavava fuori l'astuccio e la lancetta; ma l'armaiuolo, attanagliato dal male, facendo delle boccacce orribili, mormorava ingenuamente:

— Nulla... non è nulla... lasciate correre... So che rob'è... è l'invidia...

Povero Costecalde... doveva soffrire molto...!

E mentre accadevano tali cose, dall'altra parte del viale, nella farmacia della piazzetta, l'apprendista di Bézuquet, seduto al banco del principale, raggiustava pazientemente e rappiccicava pezzetto per pezzetto la lettera scaraventata dallo speziale nel fondo del cestino. Ma molti brandelli di carta sfuggirono all'opera di ricostruzione; perché ecco qua l'enigma singolare e truce che si vide schierato dinanzi, come una carta dell'Africa centrale, con le sue lacune, coi suoi bianchi di *terre incognite,* che l'immaginazione dell'ingenuo portabandiera esplorava, piena di paura:

pazzo d'amore... lampada a spir... conserve di Chicago...
non posso strapp... nikilista...
a morte... patti abom... in cambio
del suo... Voi mi conoscete, Ferdi...
sapete le mie idee liberali ma da quelle allo tzaricidio...
ribili conseguenze... Siberia... impiccato... l'adoro
Ah!... stringere la tua mano lea...
TAR TAR

VIII.

Dialogo memorabile fra la Jungfrau e Tartarin. — Un salotto nikilista. — Un duello a coltelli da caccia. — Sogno spaventoso. — Cercate me, signori?… — Strana accoglienza fatta dall'albergatore Meyer alla delegazione tarasconese.

Come tutti gli alberghi eleganti d'Interlaken, l'albergo della Jungfrau, condotto da Meyer, è situato sull'Hœheweg, ampia passeggiata a due viali piantati di noci, che rammentava vagamente a Tartarin il viale della cara patria, meno il sole, la polvere e le cicale, visto che da una settimana non aveva mai smesso di piovere.

Tartarin occupava una bellissima camera col balcone al primo piano; e ogni mattina, mentre si faceva la barba dinanzi allo specchietto a mano attaccato alla finestra — vecchia abitudine di viaggio — il primo oggetto che gli si parava davanti agli occhi, dietro i campi di grano, i prati, i boschi di abeti, cerchio di verdura cupa a diversi piani, era la Jungfrau che sollevava fuor delle nubi la sua cima a forma di corno, tinta del bianco abbagliante della neve intatta, cui si aggiungeva sempre il raggio furtivo di un'aurora invisibile. Allora fra l'Alpe bianco-vermiglia e l'Alpinista di Tarascona s'impegnava un breve dialogo che non mancava di grandezza:

— E dunque, Tartarin, vieni o non vieni?… — domandava severamente la Jungfrau.

— Eccomi… eccomi… — rispondeva l'eroe, con le dita sul naso, terminando di farsi la barba. E subito dopo afferrava la sua muta di panno a quadrelli (il vestiario delle ascensioni rimasto parecchi giorni da parte), e se la infilava dicendo delle insolenze a se medesimo.

— Difatti, giurammio, è una cosa senza babbo né mamma...

Ma una vocina limpida e insinuante veniva su dalle mortelle allineate dinanzi alle finestre del pianterreno:

Buon giorno... — diceva Sonia, vedendolo comparire al balcone; — la carrozza ci aspetta, spicciatevi dunque, infingardo!...

— Eccomi... eccomi...

In quattro e quattr'otto si levava la camicia grossa di lana, si metteva invece della biancheria fine e inamidata, e sostituiva alla pesante giacca di montagna l'abito di panno fine, verde serpente, che la domenica, alla banda, faceva voltare tutte le signore di Tarascona.

I cavalli scalpitavano alla porta dell'albergo; Sonia, già seduta accanto a suo fratello, più pallido e rifinito ogni giorno malgrado il clima benefico d'Interlaken, aspettava annoiandosi; ma al momento di partire, Tartarin vedeva regolarmente alzarsi da una panchina della passeggiata e avvicinarsi col tentennìo goffo dell'orso di montagna, le due guide famose di Grindelwald, Rodolfo Kauffmann e Cristiano Inebnit, fissate da lui per l'ascensione della Jungfrau, e che ogni mattina venivano a informarsi se il *signore* aveva bisogno di loro.

L'apparizione di que' due uomini calzati di forti stivali ferrati a diaccio, vestiti di fustagno consunto alle spalle e sul dorso dal sacco e dalle funi, con quelle facce ingenue e severe, e in bocca quelle quattro parole di francese che masticavano penosamente, girando fra le dita i larghi cappelli di feltro, era un vero supplizio per Tartarin. Aveva un bel ripeter loro:

— Non v'incomodate... vi farò avvisare...

Tutti i santi giorni li ritrovava al medesimo posto e se ne sbarazzava con una mancia proporzionata all'enormità dei suoi rimorsi. Loro intanto, felicissimi di cotesta nuova maniera di *fare la Jungfrau*, intascavano gravemente il *trinkgeld*, e riprendevano con passo rassegnato, sotto la pioggia fine, la strada per tornare a casa, lasciando Tartarin confuso e disperato della sua debolezza. Poi; l'aria aperta, le pianure fiorite riflesse nei limpidi occhi di Sonia, la pressione di un piedino sui suoi stivali in fondo alla carrozza... Al diavolo la Jungfrau!,... L'eroe non pensava più che a' suoi amori, o piuttosto alla missione che si era affidato di ricondurre nel retto sentiero quella povera e cara Sonia, delittuosa ed inconscia, messa dall'amor fraterno fuor della legge e fuori della natura.

Quello era il motivo che lo tratteneva a Interlaken, nell'albergo stesso occupato dai Wassilief. Alla sua età, con quell'aria paterna, non poteva nemmeno pensare a farsi amare da quella fanciulla... solamente la vedeva così tenera, così coraggiosetta, così generosa con tutti i miserabili del suo partito, così affezionata al fratello che le cave della Siberia le avevano reso col corpo roso dalla tabe, avvelenato dal verderame, condannato a morte dall'etisia più sicuramente che da qualunque corte marziale... Via, siamo giusti, c'era di che intenerirsi!...

Tartarin proponeva a quella ragazza e a Boris di lasciarsi menare a Tarascona, dove li avrebbe installati in una villetta alle porte della città, piena di sole... di quella città dove non piove mai, dove la vita si passa in feste e in divertimenti. E si esaltava parlandone, e tamburinava un'arietta con le dita sul fondo del cappello, e intonava l'allegro ritornello paesano sopra un tempo di trescone:

Lagadigadù,
La Tarasca! La Tarasca!
Lagadigadù,
La Tarasca di Castù!

Ma mentre un sorriso ironico sfiorava le labbra al povero ammalato, Sonia crollava la testa. Per lei né sole, né feste, finché il popolo russo agonizzava sotto il ferro del tiranno.

Appena suo fratello fosse guarito — i suoi occhi

angosciati dicevano ben altro — niente più la tratterrebbe dal tornare laggiù a soffrire, a morire per la santa causa.

— Ma, corpo di fra diavolo!... — gridava il Tarasconese — dopo quel tiranno lì, dato che vi riesca di mandarlo a gambe all'aria, ne verrà un altro!... Bisognerà tornare da capo... E intanto gli anni passano, *presempio*, e il tempo della felicità, il tempo dell'amore...

La sua maniera di dire *amore*, con un *erre* a rullo di tamburo, divertiva la ragazza... poi rimettendosi al serio, dichiarava ch'essa non amerebbe mai altri che l'uomo deciso a liberare la sua patria. Oh! quello poi! fosse pur brutto come Bolibine, più rustico e grossolano di Manilof... lei era pronta a darsi tutta a lui, a vivere al suo fianco in libera grazia, finché durasse la sua gioventù di donna, finché quell'uomo si contentasse di lei.

In *libera grazia*... è la parola di cui si servono i nikilisti per qualificare quelle unioni illegittime che contraggono fra loro per consenso reciproco. E di quel matrimonio primitivo, Sonia ne parlava tranquillamente, con quella fisionomia di verginella, dinanzi al Tarasconese, buon cittadino, elettore pacifico, pur tuttavia disposto a finire i suoi giorni vicino a quella fanciulla adorabile, nel suddetto stato di *libera grazia*... s'ella non ci avesse messo delle condizioni tanto sanguinarie e delittuose.

Frattanto che s'intrattenevano di siffatti argomenti tanto delicati, ai loro occhi apparivano i campi, i laghi, le foreste, le montagne; e sempre allo svolto d'una strada, attraverso il velo di quel diluvio perpetuo che accompagnava l'eroe in ogni sua escursione, la Jungfrau drizzava al cielo la sua cima bianca, come per mescolare un amaro rimorso a quella dolce passeggiata. E si rientrava a colazione, per sedere a quella tavola immensa ove i *Risini* e i *Conservisti* continuavano le loro ostilità silenziose, affatto indifferenti a Tartarin; il quale, seduto accanto a Sonia, stava attento che Boris non avesse finestre aperte dietro alle spalle, premuroso, paterno, sciorinando tutte le sue seduzioni d'uomo di mondo, e tutte le sue buone qualità domestiche di eccellente cavallo d'incrocio!…

Un po' più tardi prendeva il thè in compagnia dei Russi, nel salottino a terreno, aperto sopra il giardinetto dalla parte della passeggiata. Un'altra ora deliziosa per Tartarin, di colloquio intimo, a voce bassa, mentre Boris sonnecchiava sul divano. L'acqua calda brontolava nel *samovar;* un profumo di fiori bagnati dalla pioggia entrava per la porta semiaperta, insieme al colore dei glicini che le si arrampicavano attorno. Un po' più di sole, un po' più di caldo, e sarebbe stato il sogno di Tartarin realizzato; la sua Russa gentile installata laggiù, in casa sua, a coltivare il giardinetto del baobab.

Ma di lì a un momento, Sonia trasaliva:

— Le due!… E la posta?…

— Vado subito… — rispondeva il buon Tartarin. E soltanto al tuono della voce e ai gesti risoluti e teatrali con cui si abbottonava il soprabito e impugnava il bastone, si poteva indovinare la gravità della faccenda, tanto semplice in apparenza: andare alla posta a cercare le lettere dei Wassilief.

Molto sorvegliati dalle autorità locali e dalla polizia russa, i nikilisti, soprattutto i capi, sono obbligati a circondarsi di precauzioni; come, per esempio, quella di farsi indirizzare lettere e giornali fermi in posta, con semplici iniziali.

Fino dal loro arrivo a Interlaken, Boris stava appena in piedi; e Tartarin per risparmiare a Sonia la noia di una lunga aspettativa al finestrino della posta, framezzo ai curiosi, si era preso l'incarico di fare egli stesso, a suo proprio rischio e pericolo, quella gita quotidiana. L'ufficio di posta è a dieci minuti dall'albergo, in una strada larga e rumorosa che fa seguito alla passeggiata, ed è piena di caffè, di birrerie, di botteghe per i forestieri… vetrine zeppe di alpenstocks, ghette, strisce di cuoio, cannocchiali, lenti affumicate, fiaschette, sacchi da notte: tutta roba che pareva messa lì apposta per far vergogna all'Alpinista rinnegato. Carovane di turisti sfilavano per quella strada, cavalli, guide, mule, veli turchini, veli verdi, coll'acciottolìo dei carri di vivandieri tirati al passo dalle bestie e il cozzo dei bastoni a punta di ferro sul selciato. Ma quello spettacolo gaio, rinnovato tutti i giorni, lo lasciava indifferente. Non sentiva nemmeno la brezza pungente come nevischio che veniva di tanto in tanto dalla montagna, occupato com'era unicamente a guardarsi dalle spie che supponeva fossero alle sue spalle.

Il primo soldato di avanguardia, il bersagliere che rasenta i muri di una città nemica, non procede con maggior diffidenza di quel che facesse il nostro Tarasconese in quel tragitto dall'albergo alla posta. Al minimo rumore di passi sonanti alle sue calcagna, si fermava dinanzi alle fotografie in vetrina, o scartabellava un libro inglese o tedesco, per obbligare il poliziotto a passare avanti... o si voltava in tronco e squadrava in faccia cogli occhi feroci una serva di locanda che andava a far la spesa, o qualche inoffensivo viaggiatore, vecchio *Conservista* di tavola rotonda, che scendeva dal marciapiede, tutto spaurito, credendolo pazzo.

Giunto all'uffizio, i cui sportelli si aprivano stranamente sulla strada, Tartarin passava e ripassava cento volte, studiava le fisonomie prima di avvicinarsi; poi si slanciava, ficcava la testa e le spalle nell'apertura, bisbigliava quattro parole indistinte — che gli eran sempre fatte ripetere a suo marcio dispetto — e finalmente, possessore del tesoro, rientrava all'albergo, facendo un giro immenso, dalla parte delle cucine; tenendo la mano in tasca sul prezioso deposito di lettere e di giornali, pronto a stracciare, a mangiare ogni cosa, al minimo allarme.

Quasi sempre Manilof e Bolibine aspettavano la posta presso i loro amici, sebbene non avessero camera, nell'albergo, per economia e per prudenza. Bolibine aveva trovato da lavorare in una tipografia. Manilof, abilissimo ebanista, lavorava per un imprenditore. Il Tarasconese non li guardava di buon occhio; uno gli dava noia con le sue smorfie, l'altro lo perseguitava con le sue occhiate truci. E poi, tenevano troppo posto nel cuore di Sonia...

— È un eroe... — diceva la ragazza parlando di Bolibine; e raccontava che per tre anni aveva stampato da sé solo un giornale clandestino, rivoluzionario, nel bel mezzo di Pietroburgo. Tre anni senza mai uscire, senza affacciarsi a una finestra, dormendo in un grande armadio a muro, in cui la padrona di casa lo chiudeva ogni sera, lui e il suo torchio.

E la vita di Manilof, per sei mesi in una cantina sotterranea del palazzo d'inverno, aspettando l'occasione, dormendo ogni notte sopra la sua provvisione di dinamite, tormentato perciò da intollerabili dolori di capo, da disturbi nervosi inaspriti dall'angoscia morale e dalle frequenti visite della polizia vagamente avvertita che si tramava qualche cosa e spedita ogni tanto a sorprendere gli operai impiegati nel palazzo!... Quando usciva sopra terra, di rado, Manilof incontrava sulla piazza dell'Ammiragliato un delegato del Comitato rivoluzionario, che passando, senza fermarsi e senza guardarlo, domandava sotto voce:

— È fatto?...

— No... non ancora... — rispondeva l'altro senza muover le labbra.

Finalmente, una sera di febbraio, alla stessa interrogazione, fatta nei medesimi termini, rispose con la più gran calma:

— È fatto...

Quasi subito dopo, un fracasso spaventevole confermava le sue parole; tutti i lumi del palazzo si spegnevano improvvisamente; la piazza piombava in una perfetta oscurità, dalla quale uscivano le grida di dolore e di spavento, gli squilli di tromba, lo strepito della cavalleria e dei pompieri che accorrevano con le macchine e con le barelle.

E Sonia interrompendo il racconto diceva:

— Che cosa orribile! tante vite umane sacrificate! tanti sforzi, tanto coraggio, tanta intelligenza sprecati!... No... no... cattivo metodo quelle stragi in massa. Il solo che si salva è appunto quello preso di mira... Il metodo vero, il più ragionevole, sarebbe di andare contro lo Tzar come voi, Tartarin, andate contro il leone; un uomo deciso, bene armato... appostarsi a una finestra, a uno sportello di carrozza... e quando venisse a tiro...

— Be', *presempio*, di certo... — balbettava Tartarin imbarazzato, fingendo di non capire l'allusione. E immediatamente si lanciava in qualche declamazione filosofica, umanitaria, con qualcuno dei molti visitatori. Poiché Bolibine e Manilof non erano i soli che venissero a trovare i Wassilief. Ogni giorno arrivavano delle facce nuove: giovinotti, uomini, donne, figure di studenti poveri, di istitutrici esaltate, bionde, vermiglie, con la fronte intrepida e la feroce monelleria di Sonia; tutti spostati, esiliati, qualcuno anche condannato a morte... il che non toglieva loro l'espansione e la gaiezza giovanile.

Ridevano, parlavano forte, e quasi sempre in francese; dimodoché Tartarin si sentiva presto come in famiglia. Lo chiamavano: *lo Zio;* e indovinavano in lui qualche cosa di bambinesco, d'ingenuo che piaceva a tutti. Forse faceva troppo consumo di racconti di caccia, tirandosi su la manica per far vedere sul braccio la cicatrice dell'artiglio d'una pantera, o facendo tastare sotto la barba il buco che ci aveva lasciato la zanna di un leone dell'Atlante... Forse ancora prendeva troppo presto confidenza con le persone, afferrandole per la vita, appoggiandosi sulle loro spalle, chiamandole per nome dopo cinque minuti che erano insieme:

— Sentite, Dimitri... Voi mi conoscete, Fedor Ivanovitch...

Lo conoscevano da poco, per dirla; pur tuttavia lo avevano simpatico per quella sua bonarietà, per quell'aria amabile, per quel fare ingenuo, per quel desiderio di contentar tutti. Leggevano le lettere in sua presenza, combinavano dei piani per ingannare la polizia; tutto un programma di cospirazione che divertiva assai l'immaginazione del Tarasconese. E sebbene contrario per natura agli atti violenti, qualche volta non poteva trattenersi dal discutere i loro progetti omicidi; e approvava o criticava, e dava dei consigli dettati dall'esperienza di un gran capitano che conosce il sentiero della guerra, ed è avvezzo al maneggio di tutte le armi, e alla lotta corpo a corpo con le bestie feroci.

Anzi un giorno, mentre dinanzi a lui parlavano

dell'assassinio d'un poliziotto pugnalato da un nichilista al teatro, volle dimostrar loro che il colpo era stato assestato male; e dette a tutti una lezione di coltello:

— Così to'... a questa maniera... di basso in alto... Non si corre rischio di ferirsi da se.

E animandosi man mano che gesticolava:

— Supponiamo *presempio* che io mi trovi col vostro tiranno, a quattr'occhi, in una caccia all'orso... Lui è costà dove siete adesso voi, Fedor... Io qui, accanto al tavolino; tutti e due col suo bravo coltello da caccia... Ah!... ci siamo adesso, monsignore, e bisogna starci... A noi dunque...

Piantato in mezzo al salotto, piegato sulle sue gambe corte per prendere meglio lo slancio, mugolando come uno spaccalegna o come un impastatore di pane, Tartarin faceva tutta la mimica d'un vero duello, terminato col suo grido di trionfo quando ebbe ficcato il coltello fino al manico, di basso in alto, corpo del diavolo, nella pancia al nemico.

— Ecco come si fa, ragazzi!...

Ma poi, che rimorsi, che terrori quando, sfuggito al magnetico influsso di Sonia e de' suoi occhi azzurri e alla follia di tutte quelle teste esaltate, si ritrovava solo, in berretto da notte, in presenza delle sue riflessioni e del suo bicchiere d'acqua con lo zucchero!...

Viceversa poi, di che si occupava lui?... Quello Tzar non era mica il suo Tzar, insomma dunque; e tutte quelle storie non lo riguardavano per niente...

O sta' a vedere che uno di questi giorni me lo pigliano, me lo legano, e me lo consegnano alla giustizia moscovita!... Ah! corbezzole!... Laggiù non fanno per ischerzo, quei cosacchi... E nell'oscurità della sua camera d'albergo, con quella tremenda immaginazione ancor più eccitata dalla posizione orizzontale, si svolgevano a' suoi occhi come in uno di quei *panorama* che gli regalavano a capo d'anno quand'era bambino, tutti i supplizi svariati a' quali sarebbe stato esposto. Vedeva Tartarin nelle miniere di verderame, come Boris, a lavorare coll'acqua a mezza pancia, sfinito, avvelenato. Fugge, si nasconde nelle foreste coperte di neve, perseguitato dai Tartari e dai cani avvezzati a cotesta caccia dell'uomo. Estenuato dal freddo e dalla fame, è ripreso, e finalmente impiccato fra due galeotti; abbracciato da un *pope* dai capelli insegati, puzzolente d'acquavite e d'olio di foca; mentre laggiù, a Tarascona, in una bella giornata di sole, tra le fanfare della domenica, la folla ingrata e obliosa innalza Costecalde trionfante sul seggiolone del P. C. A.

Fu appunto nell'angoscia di uno di cotesti cattivi sogni che Tartarin emise il suo grido lamentevole: *Aiuto, Bézuquet!* spedito poi al farmacista sotto forma di lettera confidenziale umida ancora del suo sudore notturno. Ma bastavi un saluto di Sonia verso la sua finestra, per stregarlo di nuovo e ripiombarlo in tutte le debolezze dell'indecisione.

Una sera, tornando dal Kursaal all'albergo coi Wassilief e Bolibine, dopo due ore di musica eccitante, il disgraziato dimenticò la più volgare prudenza; e quel *Sonia, io vi amo*, che da lungo tempo tratteneva sulle labbra, gli sfuggì mentre stringeva il braccio gentile che si appoggiava al suo. Lei non si scosse; gli fissò gli occhi in volto, pallida alla luce del gas, sulla porta dell'albergo, dove si fermarono... «Ebbene, sappiatemi meritare...» gli disse col suo dolce sorriso enigmatico, che le scopriva i piccoli denti bianchi. Tartarin fu lì lì per rispondere, per impegnarsi con giuramento a qualche pazzia delittuosa, quando il cacciatore dell'albergo si fece avanti e gli disse:

— C'è gente per lei, su in camera... Dei signori... che la cercano.

— Mi cercano?... Caspio... perché fare?... — esclamò.

E la prima veduta del *panorama* gli apparve: Tartarin preso, legato, consegnato... Certo, ebbe paura, ma la sua condotta fu eroica. Si staccò prontamente da Sonia: «Fuggite... salvatevi...» le disse con voce convulsa. Poi salì le scale, cogli occhi lampeggianti, la testa alta, come per andare al supplizio; ma talmente commosso che fu costretto ad appoggiarsi alla ringhiera.

Quando entrò nel corridoio, vide alcuni individui aggruppati in fondo, dinanzi a una porta, che guardavano dal buco della serratura, e picchiavano, e chiamavano: Eh! Tartarin!...

Fece due passi, e con le labbra asciutte chiese:

— Cercate me, forse?...

— Sì to'... cerchiamo voi, presidente...

Un vecchietto piccino, svelto e magro, vestito di bigio, e che pareva portasse sulla giacca, sul cappello, sulle ghette, sui baffi lunghi e cadenti, tutta la polvere della Circonvallazione, saltò al collo dell'eroe e strofinò alle sue gote vellutate e morbide il cuoio risecchito dell'antico capitano d'amministrazione.

— Bravida!... ma come è possibile?... E anche Excourbaniès!... E laggiù in fondo chi c'è?...

Un belato rispose:

— Signor presi de...e... e...ente!... — e l'apprendista venne avanti, sbattendo nei muri una specie di lunga canna da pesca, attorcigliata con qualche cosa in cima, e ricoperta di carta grigia e di tela incerata.

— Oh! gua'... Pascalon... Abbracciami, monello... Ma che roba è, quella là?... Posala, mettila in un canto...

— La fodera... leva la fodera... — suggeriva il comandante.

Pascalon sfoderò l'oggetto in un colpo di mano, e lo stendardo tarasconese si dispiegò agli occhi di Tartarin annichilito.

I delegati si levarono il cappello.

— Presidente... — suonò la voce di Bravida, solenne e severa, ma tremante dall'emozione. — Avete domandato la bandiera, e noi ve la portiamo, gua'...

Il Presidente sgranava un paio d'occhi tondi come arance.

— Io... ho domandato?...

— Come?... non siete stato voi?... A Bézuquet?...

— Ah! sì... dico to'... via... — esclamò Tartarin illuminato subitamente dal nome dello speziale. Capì tutto e indovinò il resto in un batter d'occhio; e intenerito dall'ingegnosa menzogna dell'amico per richiamarlo al suo dovere e all'onore, si sentì soffocare e balbettò nella sua barba corta... — Ah! ragazzi; ah! che bella cosa!... che bene mi fate!...

— Viva il presidente!... — strombettò Pascalon brandendo l'orifiamma. Il trombone d'Excourbaniès rimbombò e fece sentire il grido di guerra: «*Fendè brut!*» fino alle cantine dell'albergo. A quel rumore si aprirono le porte, le teste curiose si spenzolarono fuori della ringhiera a tutti i piani, poi sparirono intimorite da quello stendardo, da quegli uomini neri e barbuti che urlavano in una lingua ignota gesticolando come ossessi. Il tranquillo albergo della Jungfrau non aveva mai veduto una scena simile.

— Venite in camera mia... — disse Tartarin un po' imbarazzato. Entrarono a tastoni nel buio, cercando i fiammiferi... quando ad un tratto un colpo autorevole battuto alla porta la fece spalancare di repente davanti alla faccia arcigna, gialla e gonfia dell'albergatore Meyer. Stava per introdursi nella stanza; ma si fermò al vedere quella oscurità in cui luccicavano tante pupille terribili; e dalla soglia, coi denti stretti e col suo duro accento tedesco, gridò:

— Vi Consiglierei a starvene tranquilli... o vi faccio raccattare dalla polizia.

Un grugnito di cignale uscì dall'ombra a quella brutale parola di *raccattare*. L'albergatore indietreggiò di un passo, ma gridò ancora...

— Si sa chi siete, andate, e c'è chi vi tiene d'occhio; e io non voglio più gente simile nel mio albergo!...

— Signor Meyer... — disse Tartarin flemmaticamente, educatamente, ma con grande fermezza... — Fate preparare il mio conto. Questi signori ed io partiremo domattina per la Jungfrau.

O suolo natale! o piccola patria nella patria grande! Solamente a sentire la cadenza tarasconese aleggiante coll'aria paesana fra le pieghe azzurre della bandiera, ecco Tartarin liberato dall'amore e dalle sue insidie, restituito agli amici, alla sua missione, alla gloria!...

E adesso... avanti!...

IX.

Il camoscio fedele.

La dimane fu una cosa deliziosa, quella strada a piedi da Interlaken a Grindelwald, dove si doveva, passando, prendere la guida per la Piccola Scheideck. E deliziosa fu quella marcia trionfale del P. C. A. rientrato nei suoi arnesi e indumenti di campagna, appoggiato di qua sulla spalla magrolina del comandante Bravida; di là sul robusto braccio di Excourbaniès; ambedue orgogliosi di accompagnare, di sostenere il loro caro presidente, e di portare il suo piccone, il suo sacco, il suo alpenstock; mentre in testa al distaccamento, o in serrafila, o sui fianchi, sgambettava come un can cucciolo il fanatico Pascalon, con la bandiera chiusa e rotolata per evitare le scene disgustose del giorno innanzi.

L'allegria dei compagni, il sentimento del dovere compiuto, la Jungfrau tutta bianca lassù nel cielo come una fumata di vapore... tutto contribuiva a far dimenticare all'eroe quel che lasciava dietro di sé, per sempre forse, e senza neanche un addio. Quando fu alle ultime case d'Interlaken, gli si gonfiarono gli occhi, e camminando camminando, si sfogava alternativamente nel seno di Excourbaniès: «Sentimi, Spiridione» o in quello di Bravida: «Tu mi conosci, Placido». Perché, per una curiosa ironia della natura, quell'indomabile militare si chiamava Placido, e quel bufalo dal cuoio rugoso e dagli istinti materiali aveva nome Spiridione.

Disgraziatamente, la razza tarasconese, più amorosa che sentimentale, non prende mai sul serio le passioni di cuore:

«Chi perde una donna e settantacinque centesimi, rimane in perdita di settantacinque centesimi» rispondeva sentenziosamente Bravida; e Spiridione pensava esattamente lo stesso... Quanto all'innocente Pascalon, aveva delle donne una paura ineffabile, e arrossiva fino alle orecchie quando sentiva pronunziare il nome della *Piccola Scheideck*, credendo in buona fede che si trattasse di una ragazza... leggiera di costumi. Il povero innamorato fu costretto a tenersi per sé i suoi sfoghi, e si consolò da sé solo... che è il sistema più sicuro per riacquistare la pace.

Del resto, quale melanconia nera avrebbe potuto resistere alle distrazioni di quella strada attraversante la stretta, profonda e cupa vallata in cui si erano impegnati, lungo un torrente sinuoso, tutto bianco di schiuma, e rumoreggiante come il tuono negli echi de' boschi d'abeti che lo chiudevano dalle due sponde scoscese?...

I delegati tarasconesi andavano innanzi a testa alta, compresi da una specie di religiosa ammirazione, come i compagni di Sindbad il marinaio, quando arrivarono dinanzi ai paletuvieri, ai manguieri, e a tutta la flotta gigantesca delle coste indiane. Non conoscendo altro che le loro montagnette pelate e brulle, non avrebbero mai creduto che ci potessero essere al mondo tanti alberi tutti insieme, sopra dei monti così alti!...

— E questo non è nulla... vedrete la Jungfrau!... — diceva Tartarin che godeva della loro meraviglia, e si sentiva più grande accanto a loro.

Nel tempo stesso, quasi per rallegrare la scena e umanizzare la sua nota imponente, brigate di gente a cavallo si mostravano di tanto in tanto attraverso la strada; e carrozze coperte, con grandi veli ondeggianti agli sportelli; e gruppi di curiosi, che si spingevano innanzi per vedere la *Commissione* stretta intorno al suo capo... e poi più lontano i banchetti di vendita dei gingilli in legno intagliato; le ragazzine in sentinella lungo la via, impettite, coi cappelli di paglia a grandi fiocchi di nastro, e le sottane a colori vivaci, cantando cori a tre voci, o offrendo ai viandanti mazzetti di lamponi e di *edelweiss*. Talvolta il corno delle Alpi mandava all'eco della montagna il suo ritornello melanconico e sonoro, ripercosso nelle gole rocciose, e diminuito lentamente, come una nube che si scioglie in vapore.

— Bello!... bene!... par di sentir l'organo in chiesa... — mormorava Pascalon cogli occhi umidi di lagrime, in estasi come un santo sopra una vetrata da cappella. Excourbanièss urlava senza perdersi di coraggio; e l'eco ripeteva fino ad estinzione di suono l'accento tarasconese del suo grido: «Ah! ah! ah!... *Fen dé brut!*...».

Ma dopo due ore di cammino e nello stesso scenario, uno si sente stanco, anche se la scena è mirabilmente disposta, verde su turchino, col bianco dei ghiacciai in fondo, e sonoro come un orologio con la musica. Il fracasso dei torrenti, i cori in terzetto, i venditori di oggetti intagliati col coltello, le fioraie... tutto diventava insopportabile ai nostri viaggiatori... specialmente l'umido di quei vapori d'acqua in fondo a cotesta specie d'imbuto e il terreno molle, sparso di piante acquatiche, dove il sole non penetra mai.

— C'è da prendersi una flussione di petto... — diceva Bravida, tirandosi su il bavero del soprabito. Poi venne la stanchezza, l'appetito, il cattivo umore. Alberghi non se ne scorgevano, e per aver mangiato troppi lamponi, Excourbanièss e Bravida cominciavano a soffrire crudelmente. Perfino Pascalon, quell'angiolo di Pascalon, carico non solamente della bandiera, ma anche del piccone, del bastone, del sacco di cui tutti si erano vilmente sbarazzati addosso a lui, Pascalon aveva perduta la sua allegria e la sua elasticità di garetti.

A un certo svolto di strada, poco dopo il passaggio della Lutschine sopra uno di quei ponti coperti che s'incontrano nei paesi di gran neve, una rimbombante soneria di corno li accolse da lontano...

— Ah! insomma dunque! basta!... basta!... — urlava; la Commissione indispettita.

Il suonatore — un gigante appostato dietro un cespuglio — lasciò andare l'enorme tromba di legno, lunga fino in terra, e terminata da una specie di cassa a percussione che dava la sonorità d'un pezzo d'artiglieria a quell'istrumento preistorico.

— Qualcuno gli domandi se ci saprebbe indicare un'osteria... — disse il presidente indirizzandosi a Excourbaniès; che con una sfacciataggine colossale e un piccolissimo) vocabolario tascabile, pretendeva di servire d'interprete alla Commissione da che aveva messo piede nella Svizzera tedesca. Ma avanti che egli avesse tirato fuori il suo libro, il suonatore di corno rispose in buon francese:

— Un albergo, signori? ma senza dubbio!... Il *Camoscio fedele* è qui vicino: permettetemi di mostrarvi la strada.

E cammin facendo raccontò che aveva abitato a Parigi parecchi anni, *commissionario* all'angolo della via Vivienne.

— Un altro impiegato della Società, to'... — pensò fra sé Tartarin lasciando ai suoi amici il far le meraviglie. Del resto il collega di Bompard fu loro utilissimo, poiché malgrado l'insegna del *Camoscio fedele*, scritta in francese, non si parlava altro nell'albergo che un orribile dialetto tedesco.

In un attimo, la Commissione tarasconese riunita intorno a una gran frittata con le patate, riacquistò la salute e il buon umore, essenziali agli uomini del mezzogiorno come il sole alla loro terra natia. Si bevve sul serio, si mangiò per davvero. Dopo molti brindisi al presidente e alle sue gesta, Tartarin, che sin dal suo arrivo era stato messo in curiosità dall'insegna dell'albergo, domandò al suonatore di corno il quale mangiava un boccone in sala con loro:

— Dunque eh... ci sono dei camosci per queste parti?... Credevo che in Svizzera non ce ne restasse più nemmen uno.

Il suonatore strizzò l'occhio:

— Non ce ne restano molti... ma si può sempre farvene vedere.

— Bisognerebbe farlo tirare al camoscio... — disse Pascalon pieno d'entusiasmo. — Non ha mai sbagliato un colpo il nostro presidente.

Tartarin era dispiacente di non aver portato la sua carabina.

— Aspettate un momento... parlerò al principale.

Giusto appunto, il principale era un antico cacciatore di camosci, ed offrì il fucile, la polvere, il piombo; propose anche di guidare quei signori a una posta che conosceva lui.

— Avanti dunque, guà'... — esclamò Tartarin contentissimo di darla vinta ai suoi alpinisti che volevano mettere in piena luce l'abilità del loro capo. Piccolo ritardo, insomma, e la Jungfrau non perderebbe niente aspettando un po' di più.

Usciti dall'albergo per la porta di servizio, non ebbero che a spingere il cancelletto dell'orto, poco più grande d'un giardino da capo stazione, e si trovarono in piena montagna squarciata da grandi crepacci color di ruggine, fra gli abeti e le stipe.

L'albergatore era andato avanti, e i Tarasconesi lo vedevano lassù in cima che agitava le braccia, scagliava sassi... senza dubbio per scovare l'animale. Fecero una gran fatica ad arrivare fino a lui, su quell'erta rocciosa e aspra, specie per gente che si alzava allora da tavola e che non era avvezza ad arrampicarsi troppo, come i bravi alpinisti di Tarascona. E per di più l'aria era pesante; e un soffio di tempesta ammonticchiava le nuvole lentamente sui culmini, proprio sulla loro testa.

— Corbezzole!... — gemeva Bravida.

Excourbanièe brontolava.

— Corpo...

— Me la fareste dire!... — aggiungeva il pacifico e belante Pascalon.

Ma la Guida, con un gesto vivace, intimò a tutti il silenzio, e l'ordine di non muoversi.

— Non si parla sotto le armi — disse Tartarin di Tarascona, con una severità di cui ciascuno si attribuì la sua parte, benché lui solo fosse armato. E restarono tutti immobili, trattenendo il respiro. Tutto a un tratto Pascalon gridò:

— Guà'... Un camoscio...

A cento metri più in alto, con le corna dritte, il pelame

d'un color fulvo chiaro, e le quattro zampe riunite sull'orlo della rupe, l'animale grazioso si disegnava sul fondo del bosco, come se fosse di legno intagliato, guardando verso di loro senza nessun timore. Tartarin imbracciò metodicamente la carabina, secondo la sua abitudine; e stava per tirare, quando il camoscio scomparve.

— Ci hai colpa tu... — disse il Comandante a Pascalon... — Hai fischiato... gli hai fatto paura.

— Ho fischiato, io?...

— Allora è stato Spiridione.

— Chéh!... — rispose lui... — neanche per sogno.

Eppure si era sentito un fischio, acuto, prolungato.

Il Presidente li mise tutti d'accordo raccontando che il camoscio, all'avvicinarsi del nemico, fa con le narici un sibilo speciale. Quel diavolo di Tartarin conosceva quella caccia a fondo... come tutte le altre. E tutti, alla chiamata della guida, ripresero il cammino; ma l'erta si faceva sempre più difficile, le rocce più scoscese, con enormi squarci da ogni lato. Tartarin, in capo fila, si voltava ogni tanto per aiutare gli amici, allungando loro la mano o la carabina.

— La mano, la mano, se non vi dispiace... — diceva il prode Bravida che aveva sempre paura delle armi cariche.

E qui, nuovo segnale della guida, nuova fermata della Commissione col naso per aria.

— Ho sentito una gocciola... — mormorò il Comandante tutto inquieto. Nel momento stesso rumoreggiò il tuono; e più forte del tuono la voce di Excourbaniès: «Tartarin, attenti!...» Il camoscio aveva spiccato un salto vicino a loro, slanciandosi al disopra del botro, e scomparendo come un lampo... troppo presto perché Tartarin potesse imbracciare il fucile; ma non presto abbastanza per impedire che si sentisse il lungo sibilo delle sue narici.

— La voglio vincere io, ecco!... — disse il presidente. Ma i Commissari protestarono. Excourbaniès, acerbo come l'agresto, gli domandò se aveva giurato di sterminarli tutti...

— Presid...e...ente... — belò Pascalon timidamente. —

Ho sentito dire che il camoscio, quando è messo agli estremi, si rivolta contro il cacciatore, e diventa pericolosissimo...

— Allora non ce lo mettiamo, agli estremi... gridò Bravida terribile, col berretto in posizione di battaglia.

Tartarin li chiamò pulcini bagnati. E di subito, mentre si disputavano fra loro, tutti scomparvero, gli uni in presenza degli altri, entro una folta nebbia tepida che puzzava di solfo, attraverso la quale si cercavano e si chiamavano.

— Ohè... Tartarin!...

— Placido... dove sei?

— Preside...e...ente!...

— Sangue freddo... giurammio... sangue freddo!

Tutti tremavano. Un colpo di vento squarciò la nube, la portò via come un velo strappato e attaccato ai rovi in brandelli... e balenò fuori un lampo in zigzag con una spaventevole esplosione, sotto i piedi dei viaggiatori.

— Il mio berretto!... — urlò Spiridione a zucca nuda, coi capelli ritti e crepitanti di faville elettriche. Erano proprio nel centro della bufera, nell'officina stessa di Vulcano. Bravida, pel primo, fuggì via a gambe levate. Il resto della Commissione stava per spiccare la corsa dietro a lui; ma la voce del P. C. A. che pensava a tutto, li trattenne.

— Disgraziati... badate al fulmine!...

A ogni modo però, anche prescindendo dal pericolo di rimaner fulminati, era impossibile di correre su quelle scese ripidissime, seminate di ostacoli, trasformate in torrenti, in cascate, da tutta l'acqua del cielo che veniva giù. Il ritorno fu lugubre, a passi lenti sotto il diluvio, fra i lampi corti seguiti da fragorose esplosioni, con tutte le fermate per forza, gli sdruccioloni, le cadute... Pascalon si segnava; e come a Tarascona invocava forte «Santa Marta, Sant'Elena, Santa Maria Maddalena...» mentre Excourbaniès bestemmiava; «Corpo de Dina...» e Bravida, alla retroguardia, pieno d'inquietudine, si volgeva spesso...

— Chi diavolo c'è dietro a noi!... Sento galoppare, fischiare, fermarsi... — L'idea del camoscio inferocito che assale i cacciatori non gli poteva uscire di testa, a quell'antico guerriero. Sottovoce, per non far paura agli altri, palesò le sue inquietudini a Tartarin; il quale prese coraggiosamente il posto di lui alla retroguardia, e marciò con la testa alta, bagnato fino alle ossa; con la risoluzione che ispira l'imminenza del pericolo. Ma *presempio*, una volta ritornato all'albergo, quando vide i suoi cari alpinisti al sicuro, che si ripulivano, si scaldavano intorno al calorifero di maiolica nella sala del primo piano, dove arrivava l'odore del vino caldo ordinato al cameriere, allora il presidente avvertì i propri brividi, e pallidissimo dichiarò:

— Di certo, ho acchiappato il male...

«Acchiappare il male» è un'espressione del vernacolo paesano, sinistra nella sua vacuità e nella sua brevità, che comprende tutte le malattie: peste, colera, vomito negro, febbre gialla, sudicerie di tutti i colori, dalle quali ogni tarasconese si sente colpito alla più piccola indisposizione.

Tartarin aveva acchiappato il male!... Non era dunque il caso di ripartire, e la Commissione aveva bisogno di riposo.

Presto si fece scaldare il letto, affrettare la preparazione del vino caldo; e al secondo bicchiere, il presidente si sentì per tutto il corpo un calore, un solletico di buon augurio. Due guanciali dietro le spalle, un piumino sui piedi; il suo passamontagna fasciato alla testa... ah!... provava un gran sollievo ad ascoltare i ruggiti della tempesta, respirando il buon odore di abete in quella camera rustica dalle pareti di legno, dalle vetrate a piccole lastre col piombo... e a guardare i suoi cari alpinisti intorno al letto, col bicchiere in mano, con le apparenze stravaganti che davano alle loro fisonomie galliche, romane o saracene, le cortine, le tende, i tappeti in cui si erano rinfagottati aspettando che gli abiti asciugassero al fuoco.

Dimenticando se stesso, interrogava loro con voce lamentosa:

— Placido, come ti senti?... M'è parso che tu soffrissi, Spiridione!...

No... Spiridione non soffriva più. Gli era passato tutto vedendo il suo presidente ammalato. Bravida, che accomodava la morale ai proverbi del suo paese, aggiunse cinicamente «mal comune, mezzo gaudio!...» Poi parlarono della loro caccia, riscaldandosi al ricordo di certi episodi pericolosi, come *presempio* quando l'animale si era rivoltato, furibondo... e ben inteso senza complicità di menzogna deliberata; ma ingenuamente fabbricando la favola che poi avrebbero raccontato al ritorno:

Improvvisamente Pascalon, che era sceso per andare a cercare un'altra porzione di vino caldo, tornò sopra tutto commosso, con un braccio ignudo fuori della tenda a fiori turchini che teneva stretta alla vita con un gesto pudico... a uso Poliuto. Rimase più di un minuto secondo senza potere articolare parole; poi disse piano col fiato corto:

— Il camoscio...
— E bè... via... il camoscio?...
— È giù... in cucina... che si scalda.
— Chéh!...
— Tu scherzi!...
— Placido, va' a dare un'occhiata...

Bravida esitava... Excourbaniès scese in punta di piedi; e ritornò quasi subito con la faccia stravolta... Di bene in meglio, per Zio!... Il camoscio beveva il vino caldo!...

Povera bestia!... Era il meno che si potesse fare per essa; dopo la corsa sfrenata che aveva eseguito nella montagna, con quel tempo, lanciata e richiamata dal suo padrone; il quale per lo più si contentava di farla vedere in sala ai viaggiatori per dimostrare che il camoscio si addomestica e si ammaestra tanto facilmente!...

— Cose da trasecolare!... — diceva Bravida non tentando nemmeno più di capire. Mentre Tartarin si ficcava il passamontagna giù fino agli occhi per nascondere alla Commissione la dolce ilarità che si impadroniva di lui, riconoscendo ad ogni tappa, ad ogni circostanza, la Svizzera rassicurante dell'amico Bompard.

X.

L'ascensione della Jungfrau. — To'… i bovi!… — I ferri sistema Kennedy non sono buoni a nulla, e neppure la lampada a spirito. — Apparizione d'uomini mascherati nella capanna del Club Alpino. — Il presidente in un crepaccio. — Ci lascia gli occhiali. — Sulla cima!… — Tartarin fatto Dio!…

Quella mattina c'era grande affluenza all'albergo Belvedere, sulla Piccola Scheideck. Malgrado la pioggia e i colpi di vento, si erano apparecchiate le tavole fuori, al riparo della veranda, in mezzo a una bella mostra di alpenstocks, di fiaschette, di cannocchiali, d'orologi col cuccù in legno intagliato. E i turisti, pur facendo colazione, potevano contemplare a sinistra, a un duemila metri di profondità la meravigliosa vallata di Grindelwald; a destra, quella di Lauterbrunnen, e in faccia, a un tiro di schioppo (in apparenza), le pendici immacolate, maestose della *Jungfrau;* i suoi nevai, i suoi ghiacciai, tutta quella candidezza riflessa e rischiarante l'aria all'intorno; per guisa che i cristalli parevano più trasparenti, e le tovaglie più candide.

Ma, da qualche momento, l'attenzione generale si trovava accaparrata da una comitiva rumorosa e barbuta che arrivava allora a cavallo, a mulo, a ciuco, perfino in portantina… e si preparava alla salita con una colazione copiosa, piena di allegria, il baccano della quale faceva contrasto con le fisonomie annoiate, solenni, dei *Risini* e dei *Conservisti* illustrissimi, riuniti alla Scheideck: lord Chipendale, il senatore belga e la sua famiglia, il diplomatico austro-ungherese, ed altri ancora. Si sarebbe potuto credere che tutta quella gente barbuta stesse per montare in carovana sulla *Jungfrau;* perché tutti, uno alla volta, si occupavano dei preparativi di partenza, si alzavano, si precipitavano fuori per andare a fare delle provvisioni, e da una cima all'altra della terrazza si chiamavano e si interpellavano, gridando:

— Ohè, Placido... via dunque, guarda se la fiaschetta è sul sacco... Non ti scordare della lampada a spirito, *presempio!*...

Al momento della partenza si vide che uno solo, di quei turisti, faceva l'ascensione, ma quale turista!

— Ragazzi, ci siamo?... — disse il buon Tartarin con voce allegra e trionfante, in cui non traspariva nemmeno un'ombra d'inquietudine per i pericoli del viaggio. L'ultimo suo dubbio sull'*accomodatura* della Svizzera era sparito la mattina stessa dinanzi ai due ghiacciai di Grindelwald, preceduti ciascuno da un contatore con questa iscrizione: *Ingresso al ghiacciaio: un franco e cinquanta!*...

Poteva adunque senza ritegno assaporare la voluttà di quella partenza a uso apoteosi; la gioia di sentirsi contemplato, invidiato, ammirato da quelle *misses* sfacciatelle, col cappellino chiuso come giovanotti, che ridevano di lui tanto graziosamente al Righi-Kulm, e che adesso si entusiasmavano paragonando quell'uomo così piccino con la montagna così enorme che stava per superare. Una ragazza faceva il ritratto di lui sopra l'album, un'altra si recava ad onore di toccare il suo bastone ferrato... «Siampègna... Siampègna...» — gridò ad un tratto un inglese lungo, dalla cera funeraria, dalla pelle color mattone, avvicinandosi con la bottiglia e col bicchiere in mano. Poi, dopo aver obbligato l'eroe a bere:

— Lord Chipendale, sir... — disse presentandosi da sé.
— E vo'?...
— Tartarin di Tarascona...
— Aoh! yes... Terterà... piccolo nome grazioso per cavallo... — osservò il lord che era senza dubbio qualche famoso *sportman* d'oltre Manica.

Anche il diplomatico austro-ungherese venne a stringere la mano dell'Alpinista fra i suoi mezzi guanti, rammentandosi vagamente d'averlo riveduto in qualche altro luogo: «Gondendissimo… gondendissimo…» ragliò più volte, e non sapendo come uscirne aggiunse: «Complimenti alla sindiora…». Era la sua formula per abbreviare le presentazioni.

Ma le guide perdevano la pazienza. Avanti sera bisognava arrivare alla Capanna del Club Alpino, dove si dorme alla prima tappa. Non c'era più un minuto da perdere. Tartarin lo capì, salutò tutti con un gesto circolare, indirizzò un sorriso paterno alle signorine maliziose, poi, con voce tonante:

— Pascalon, la bandiera.

E la bandiera sventolò; e i meridionali si levarono il cappello; perché si ama il teatro a Tarascona!… e al grido ripetuto venti volte: «Viva il presidente! viva Tarta…a… rin!… Ah! ah! ah! *Fen dé brut!…*» la colonna si mise in cammino, le due guide alla testa, portando sacca, provvisioni, fascine dà stipe; poi Pascalon con l'orifiamma; in ultimo il P. C. A. e i Commissari che lo dovevano accompagnare fino al ghiacciaio del Guggi. Così schierato in processione, con lo sventolìo dello stendardo su quel fondo bagnato, su quelle creste nude e nevose, il corteo rammentava vagamente la cerimonia del giorno dei morti in campagna.

Tutto a un tratto il Comandante, intimorito molto, gridò:

— To'… gua'… i bovi!…

Si vedeva infatti qualche capo di bestiame che pasceva l'erba corta in certe ondulazioni del terreno. L'antico guerriero aveva una paura maledetta di cotesti animali, una paura insormontabile… e poiché non si poteva lasciarlo solo, tutta la Commissione fece alto. Pascalon consegnò la bandiera a una guida; poi, dopo un ultimo abbraccio, un'ultima raccomandazione frettolosa… tenendo d'occhio le vacche:

— Dunque addio, eh?…

— E non facciamo imprudenze, *presempio!*…

Si separarono. Quanto a proporre al presidente di salire con lui, nessuno ci pensò. Troppo alto, *corbezzole!*… A misura che ci si avvicinava, pareva anche più alto; i precipizi si allargavano, le guglie si allungavano, in un caos bianco che pareva impossibile a traversare. Era meglio *guardare* l'ascensione dalla Scheideck.

In vita sua, naturalmente, il presidente non aveva mai messo piede sopra un ghiacciaio. Nulla di somigliante sopra quelle montagnette di Tarascona, profumate e asciutte come un mazzetto di spigonardo... e tuttavia le vicinanze del Guggi gli procuravano una sensazione come di roba già veduta; gli risvegliavano la memoria delle cacce in Provenza, in fondo alla Camargue, verso il mare. Era la stessa erba sempre più corta, arroventata, come abbrustolita sul fuoco. Qua e là delle pozze d'acqua, delle infiltrazioni rivelate dalla presenza dei canneti minuti; poi la morena come una duna mobile di sabbia, di conchiglie rotte, di ghiaia; e in ultimo il ghiacciaio, dalle onde di un azzurro verdastro, frangiate di bianco; accavallate come marosi silenti ed immobili. Il vento, che veniva di là sibilante e pungente, aveva anch'esso la forza, la freschezza salubre del vento marino.

— No, grazie... ho i ferri alle scarpe... — disse Tartarin a una guida che gli offriva dei calzari di lana da infilarsi sopra gli stivali. — Ferri da ghiaccio Kennedy... perfezionati, molto comodi... — gridava egli come un sordo per farsi capir meglio da Cristiano Inebnit, che non sapeva la lingua di Tarascona punto meglio del suo collega Kauffmann. E intanto, seduto per terra sulla morena, si attaccava alle suola con una striscia di cuoio, certe solette ferrate con tre enormi e forti punte di acciaio. Cento volte se li era provati, i *ferri Kennedy;* li aveva adoperati cento volte nel giardinetto del *baobab*. Ciò non ostante, l'effetto fu assolutamente inaspettato. Sotto il peso dell'eroe, le punte d'acciaio penetrarono tanto a fondo nel ghiaccio, che tutti i tentativi per isconficcarle riuscirono vani. Tartarin rimase inchiodato alla montagna, sudando, bestemmiando, almanaccando con le braccia e col bastone una serie di segnali disperati, e finalmente fu costretto a richiamare le guide che se n'erano andate tranquillamente avanti, persuase di avere a fare con un alpinista de' più esperti.

Vista l'impossibilità di diradicarlo dal suo posto, si pensò di sciogliere le cinghie di cuoio. E abbandonati i ferri nel ghiaccio, e sostituiti con un paio di calzari di lana fatti ai ferri, il Presidente proseguì la sua strada, non senza molto studio e fatica. Disadatto a servirsi del bastone, spesso se lo passava attraverso le gambe; o la punta di ferro pattinava e lo trascinava via quando ci si appoggiava troppo. Provò col piccone, ma lo trovò più difficile a maneggiare, le ineguaglianze del ghiaccio facendosi a mano a mano più frequenti, e le onde immobili accavallandosi sempre più nel loro aspetto di tempesta furibonda e pietrificata.

Immobilità apparente soltanto perché gli schianti sordi, i mostruosi borborigmi, gli enormi scogli di ghiaccio che si spostavano lentamente come i pezzi di un'armatura da teatro, indicavano la vita interna di tutta quella massa rappresa, la sua qualità traditrice di *elemento*... e sotto gli occhi dell'Alpinista, a ogni gettata di bastone, si aprivano delle crepe, dei buchi profondi, dove i pezzi di ghiaccio rotolavano rumorosamente. L'eroe cadde più volte, e una anzi fino a mezzo il corpo, in alcuna di quelle fenditure verdastre dove lo salvò la larghezza delle sue spalle.

A vederlo così goffo e nel tempo medesimo così tranquillo e sicuro di se stesso; ridere, cantare e gesticolare come a tavola, poco prima; le guide si immaginarono che lo Champagne svizzero gli avesse dato un po' alla testa. Potevano esse pensare altrimenti d'un presidente di Club Alpino, d'un ascensionista famoso, di cui i suoi colleghi parlavano soltanto con grandi manifestazioni di ammirazione e di rispetto?... Lo presero per le braccia, uno di qua uno di là, con la rispettosa violenza dell'agente di polizia che mette in carrozza un ubbriaco di buona famiglia; e a furia di monosillabi e di gesti procurarono di svegliare la sua ragione al sentimento del pericolo, alla necessità d'arrivare alla capanna prima di notte, alla paura del freddo, delle valanghe, dei precipizi. E con la punta dei loro bastoni ferrati gli indicavano l'enorme cumulo di ghiacci, le nevi gelate formanti un muro inclinato sulla loro strada, fino allo zenit; e riverberanti la luce in modo abbagliante.

Ma il buon Tartarin se la rideva d'ogni cosa. «Ah! sì... i crepacci!... Giusto to', le valanghe!...». E strizzava l'occhio, e si reggeva la pancia, e dava delle gomitate nelle costole alla guida, come per dire:

«Via dunque, buffoni; leviamo la burletta... io so tutto... a me non la date ad intendere!...».

E le guide finivano per prender gusto allo scherzo e al ritornello delle canzoni tarasconesi; e quando potevano riposarsi un minuto sul terreno sicuro per far riprender fiato al signore intonavano anch'esse la tirolese... ma sotto voce, e per un momento, per paura delle valanghe e dell'ora tarda. Si sentiva l'avvicinarsi della sera al freddo più intenso e soprattutto allo strano scolorirsi di tutte quelle nevi, di tutti quei ghiacci accumulati, strapiombanti, che anche sotto il cielo caliginoso serbano un'iridazione di luce; ma quando il giorno si spegne risalendo verso le cime, prendono delle tinte livide, delle apparenze spettrali, come di paesaggio lunare. Pallore, congelazione, silenzio, morte insomma!... E il buon Tartarin così caldo, così vivace, cominciava tuttavia a perdere il suo buon umore; quando uno strido lontano d'uccello, la nota acuta d'una di quelle *pernici da neve* gettata framezzo a cotesta desolazione, gli richiamò alla mente una campagna riarsa, e sotto il tramonto fiammeggiante le figure dei cacciatori tarasconesi che si asciugavano il sudore, seduti all'ombra leggera d'un olivo, col carniere vuoto. Fu un lampo... ma bastò a riconfortarlo.

Nel tempo stesso Kauffmann gl'indicò, a poca distanza, qualche cosa che somigliava a un fascio di legna nere sulla neve. «Die Hutte!...» Era la capanna. Pareva che ci si dovesse arrivare in quattro passi; ma ci voleva ancora una buona mezz'ora di cammino. Una delle guide andò innanzi per accendere il fuoco. La notte intanto scendeva rapidamente, la brezza pungeva strisciando sul suolo cadaverico; e Tartarin non rendendosi più ben ragione di nulla, fortemente sorretto dal braccio dell'altro montanaro, inciampava, saltava, senza un pelo asciutto sul corpo malgrado l'abbassamento della temperatura. Tutto a un tratto, brillò la fiamma a pochi passi, portando un buon odore di zuppa con le cipolle.

Finalmente!...

Nulla di più rudimentale di quegli *alt* stabiliti sulla montagna dal Club Alpino Svizzero. Una sola stanza dove un piano di legno duro inclinato serve di letto e occupa quasi tutto lo spazio, lasciando appena un angolo per il fornello e per la tavola lunga, inchiodata al pavimento come le panche che la circondano. La tavola era già apparecchiata... tre ciotole, tre cucchiai di stagno, la lampada a spirito per il caffè, due scatole di conserve alimentari aperte. Tartarin trovò la cena deliziosa sebbene la zuppa con le cipolle sapesse di fumo; e malgrado che la famosa lampada a spirito brevettata, che doveva fare un litro di caffè in cinque minuti, non facesse proprio niente in un'ora di tentativi inutili.

Dopo mangiato, cantò... era la sua solita maniera di far conversazione con le guide. E cantò le arie del suo paese: *La Tarasca; Le ragazze avignonesi*... Le guide rispondevano con le canzoni del luogo, in dialetto tedesco: *Mi Vater icsh en Appenzeller... aou... aou...* Brava gente, dalle facce dure e acerbe, tagliate come nella pietra; con una certa barba nei vuoti che pare stipa; e gli occhi chiari, abituati ai grandi spazi, come quelli dei marinari. E quel vago ricordo del mare e del largo, che aveva sentito poco prima avvicinandosi al Guggi, Tartarin lo provò nuovamente qui, accanto ai marinari del ghiacciaio, dentro a quella capanna stretta, bassa, affumicata; vera *sotto coverta* di bastimento; bagnata dallo sgocciolare della neve del tetto che si struggeva al calore; mentre i colpi di vento scaricandocisi sopra come cavalloni d'acqua, facevano scricchiolare l'ossatura di legno e vacillare il lume, fermandosi poi improvvisamente in un silenzio enorme, mostruoso, come di finimondo!...

Il pasto frugale era al suo termine, quando si sentirono dei passi pesanti sul terreno, e delle voci che si avvicinavano. Alla porta furono battuti colpi violenti. Tartarin, esterrefatto, guardò in faccia le guide. Un assalto notturno a tanti metri sul livello del mare!... E i colpi raddoppiavano... «Chi va là!...» urlò il nostro eroe saltando sul suo bastone ferrato... ma già la capanna era invasa da due americani giganteschi, col volto coperto da una maschera di tela bianca, e le vesti bagnate di sudore e di neve... poi, dietro a loro, delle guide, dei facchini; una carovana che tornava dal fare l'ascensione della Jungfrau.

— Siate i benvenuti, signori... — disse il Tarasconese con un gesto largo e dispensatorio, di cui i *signori* non avevano niente affatto bisogno, per fare il comodo loro. In un batter d'occhio la tavola fu investita, levato l'apparecchio; le ciotole e i cucchiai lavati con l'acqua calda per servire ai nuovi venuti, secondo la regola stabilita in tutti i rifugi alpini. Gli stivali degli americani fumavano dinanzi al focolare; mentre essi stessi, scalzati, co' piedi nella paglia, si mettevano a tavola dinanzi a un'altra zuppa con le cipolle.

Erano padre e figlio, i due ultimi arrivati; due giganti rossi, con grosse teste di zappatori, angolose ed ardite. Uno di loro, il più vecchio, portava sul viso riarso e pieno di rughe due occhi sgranati e bianchi; e quasi subito, alla sua esitazione tormentosa nel prendere il cucchiaio e la ciotola, alle cute che il figliuolo aveva per lui, Tartarin comprese che era il famoso alpinista cieco — del quale gli avevano parlato tanto all'albergo Bellevue, senza ch'egli volesse crederne una parola — rampicatore ardito nella sua gioventù; e adesso vecchio, a sessantanni, a dispetto della sua infermità, ostinato ad accompagnare il figliuolo in tutte le ascensioni già compiute in altri tempi. Così era già salito sul Wetterhorn e sulla Jungfrau, e si prometteva di superare ben presto il Cervino e il Monte Bianco; pretendendo che l'aria delle alte cime, l'aspirazione della brezza gelata odorante di neve, gli procurava una gioia indicibile e come un risveglio del suo passato vigore.

— Viceversa poi... — domandava Tartarin a uno dei facchini, poiché gli americani non erano punto comunicativi e non rispondevano mai altro che *sì* e *no* a tutte le domande — viceversa poi, dal momento che non ci vede, o come si regola nei passaggi pericolosi?...

— Oh!... ha il piede da montanaro... e poi suo figlio è con lui, che vigila è guida i suoi passi... Insomma se la cava sempre senza disgrazie.

— E poi, gua'... tanto più che le disgrazie non sono mai troppo terribili, eh?... — E dopo un sorrisetto furbesco al facchino sbalordito, il Tarasconese sempre più persuaso che «erano tutte buffonate» si allungò sulle tavole, ben rinvoltato nella sua coperta, col passamontagna fino agli occhi, e si addormentò... malgrado la luce, il rumore, il fumo delle pipe e l'odore della cipolla.

— Mossiè... mossiè...

Era una delle guide che lo scuoteva per annunziargli la partenza, mentre l'altro versava il caffè bollente nelle ciotole. Ci fu qualche imprecazione, qualche bestemmia per parte di chi dormiva e si sentiva schiacciare un piede dagli scarponi di Tartarin... finalmente si aprì la porta. E all'improvviso si trovò fuori, sorpreso dal freddo, abbagliato dalla fantastica riverberazione della luce lunare su quelle pendici bianche, su quelle cascate rapprese, sulle quali si profilava in nero cupo l'ombra dei gioghi, delle guglie, dei massi di ghiaccio. Non era più il caos brillante del meriggio; né la livida confusione di tinte grige della sera... ma pareva d'essere in una città tagliata da mille straducole buie, da vicoli misteriosi, da cantonate spaventevoli, fra i monumenti di marmo e le ruine cadenti in polvere... una città morta con vasti piazzali deserti.

Erano le due dopo mezzanotte. Camminando alla svelta si poteva arrivare, lassù in cima, a mezzogiorno.

— Be', tiriamo via... — disse il P. C. A., tutto ringalluzzito, slanciandosi innanzi come all'assalto.

Ma le guide lo fermarono. Bisognava star legati insieme per i passi più pericolosi.

— Ah! già... legarsi...! Gua', se è per contentarvi!...

Cristiano Inebnit si pose alla testa, lasciando tre metri di corda fra lui e Tartarin, che una uguale distanza separava dalla seconda guida carica delle provviste e della bandiera.

Il Tarasconese faceva miglior figura del solito; e bisognava davvero che la sua convinzione fosse ben radicata per prender così in ischerzo le difficoltà della strada... se pure si può chiamare strada l'irta cresta di ghiaccio sulla quale avanzavano con precauzione, larga pochi centimetri appena, e talmente sdrucciolevole che il piccone di Cristiano doveva scavarci le pedate.

La linea sinuosa della cresta brillava fra due abissi profondi e scuri. Ma se v'immaginate che Tartarin avesse paura!... No davvero!... Appena appena quel brivido lieve in pelle del frammassone novizio cui si fanno subire le prime prove! Posava esattamente il piede sulle intaccature scavate dal capo fila, e faceva tutto quello che vedeva fare da lui, tranquillo come nel suo giardinetto del *baobab* quando si esercitava sull'orlo della vasca con grande spavento dei pesci rossi, A un certo, punto, la cresta diventò tanto stretta che fu necessario procedervi a cavalcioni; e mentre andavano così lentamente, aiutandosi con le mani e con le ginocchia, una terribile detonazione scoppiò a destra, sotto i loro piedi... «Valanga...» disse Inebnit che rimase immobile finché durò la ripercussione degli echi, ampia, grandiosa da riempire tutto lo spazio, e terminata da un lungo scroscio di fulmine che si allontanò e si perdette in detonazioni vaghe. E dopo, il silenzio dominò un'altra volta e ricoprì ogni cosa come un lenzuolo funebre.

Superata la cresta, s'impegnarono sopra un argine di neve gelata, poco scosceso ma interminabilmente lungo. Montavano da più d'un'ora quando una linea sottile colore di rosa cominciò a disegnare le cime, lassù, lassù, sopra le loro teste. Era l'aurora che faceva capolino. Da buon meridionale, nemico del buio, Tartarin intuonò il suo canto di gioia:

Gaio sol della Provenza,
Camerata del Maestrale...

Una tirata violenta della corda per davanti e per di dietro lo fermò in tronco in mezzo alla strofa...

«Zitto… zitto…» faceva Inebnit indicando con la punta del bastone la linea minacciosa di quei giganteschi massi di ghiaccio che gli alpinisti chiamano *séracs*, mai fermi in bilico sopra la loro base incerta e sempre pronti a rotolar giù alla minima commozione d'aria. Ma il Tarasconese *sapeva come stavan le cose*… non si raccontavano a lui certe corbellerie!… E con voce rimbombante continuò a cantare:

Che ti bevi la Durenza,
Come un semplice boccale.

Le guide, vedendo che non avrebbero ottenuto nulla dall'ostinato cantante, fecero un gran giro per allontanarsi dai *séracs;* e dopo pochi altri passi, furono all'orlo d'una enorme fenditura che il primo e furtivo raggio di luce diurna illuminava in profondità, strisciando sulle pareti d'un verde sbiadito. Da un orlo all'altro correva quello che si chiama un *ponte di neve;* ma così sottile, così fragile, che al primo passo, sprofondò in una nube di polvere bianca, trascinando seco la prima guida e *Tartarin,* ambedue sospesi alla corda che Rodolfo Kauffmann, l'altra guida, si trovò solo a sostenere, abbrancato con tutte le sue forze al piccone conficcato nel ghiaccio. Ma se gli fu possibile reggere i due uomini sospesi sull'abisso, non aveva però il vigore di ritirarli su in alto; e rimaneva così raggomitolato, coi denti stretti, i muscoli tesi, e troppo lontano dall'orlo del crepaccio per vedere quello che accadeva.

Sulle prime, sbalordito dalla caduta, acciecato dalla neve, Tartarin si agitò per un minuto con le braccia «con le gambe in contorsioni involontarie come un burattino sgangherato; poi, aiutandosi con la corda, si raddrizzò, e restò penzoloni sull'abisso col naso sulla parete di ghiaccio che il suo fiato rendeva liscia, nella posizione d'un trombaio occupato a saldare i tubi d'un condotto d'acqua sulla facciata di una casa. Sopra la sua testa vedeva biancheggiare il cielo, scomparire le ultime stelle; e sotto di sé scorgeva la bocca nera e profonda del precipizio, da cui soffiava un'aria gelata.

Eppure, passato il primo stordimento, ricuperò il suo sangue freddo e il suo buon umore.

— Ohè, lassù... zio Kauffmann... non ci lasciate qui ad ammuffire, eh! *presempio*... Ci sono dei riscontri... e questa maledetta fune mi sega il fil delle reni!...

Kauffmann non poteva rispondere. Aprire i denti era lo stesso che perdere la forza. Ma Inebnit gridò dal fondo...

— Sindiore... sindiore... piccone!... perché il suo era rotolato giù nella caduta.

E il pesante strumento passato dalle mani di Tartarin nelle sue — non senza difficoltà, per la distanza che separava i due impiccati — servì al montanaro per intaccare il ghiaccio dinanzi a sé, e praticarvi dei gradini cui si aggrappò con le mani e coi piedi.

Alleggerita così la corda della metà dal suo peso, Rodolfo Kauffmann, con un vigore ben calcolato e con infinite precauzioni, cominciò a tirar su il presidente, il cui berretto tarasconese apparve finalmente all'orlo del crepaccio. Inebnit riprese piede a sua volta, e i due montanari si ritrovarono in salvo con quell'effusione di poche parole che segue i grandi pericoli fra gente ordinariamente silenziosa. Erano commossi, tremanti per lo sforzo compiuto; e Tartarin dovette passar loro la sua fiaschetta di kirsch per rimetterli in gambe. Lui sembrava riposato e tranquillo; e scuotendosi e battendo i tacchi in cadenza, cantarellava sotto il naso delle guide intontite.

— Brav... brav... Franzose... — diceva Kauffmann, battendogli sulla spalla...

E Tartarin col suo bel sorriso:

— Matto!... lo sapeva bene io che non c'era pericolo!...

A memoria di guida non s'era mai veduto un alpinista come quello!...

Ripresero il cammino, arrampicandosi a perpendicolo sopra una muraglia di ghiaccio gigantesca, di sei o settecento metri, sulla quale si scavavano mano a mano gli scalini, con gran perdita di tempo. Il Tarasconese cominciava a sentirsi sfinito di forze sotto il raggio del sole riflesso da tutta la bianchezza del paesaggio, tanto più faticosa ai suoi occhi perché aveva perduto gli occhiali nel crepaccio. Poco dopo una debolezza generale lo prostrò... quel mal di montagna che produce gli stessi effetti del mal di mare. Tutto cionco, con la testa vuota, con le gambe di bambagia, non si sosteneva in piedi; e le guide lo afferrarono uno per parte, come il giorno innanzi, per portarlo così fino in cima al muro di ghiaccio. In quel momento, cento metri appena li separavano dal culmine della *Jungfrau;* ma quantunque la neve fosse lassù più solida e resistente, e la via più agevole, cotesta ultima tappa richiese un tempo più lungo; la stanchezza e la soffocazione del P. C. A. aumentando a dismisura.

Ad un tratto i montanari lo lasciarono andare, e agitando in aria i cappelli, intonarono a piena gola una tirolese. La cima era raggiunta!... Quel punto nello spazio immacolato, quella cresta bianca un po' rotonda, era il culmine... e per il buon Tartarin fu il termine di quel vago torpore che l'opprimeva da più d'un'ora.

— Scheideck... Scheideck... — gridarono le guide, mostrandogli a dito, giù in basso, lontano lontano, sopra una spianata verde emergente dalle caligini della vallata, il fabbricato dell'albergo Bellevue, grosso appena come un dado da giuocare.

Di laggiù fino a loro si stendeva un panorama meraviglioso, una sequela graduata di campi di neve dorati e tinti in arancione dal sole; o sfumati da un azzurro cupo e freddo dall'ombra; un enorme cumulo di ghiacci stranamente raffigurati in torri, in frecce, in guglie, in bitorzoli giganteschi... da far credere che sott'essi dormisse il mastodonte o il megaterio, scomparsi dalla superficie del globo.

Tutti i colori del prisma brillavano là dentro e si confondevano nel letto dei vasti ghiacciai sulle enormi cascate immobili, attraversate da altri piccoli torrenti rappresi di cui l'ardore del sole liquefaceva le superfici più unite e più lucide. Ma verso i gioghi più elevati quell'orgia di colori e di raggi si calmava; e per tutto si diffondeva uno splendore uguale, tranquillo e freddo, che faceva rabbrividire Tartarin quanto la sensazione di silenzio e di solitudine regnanti in quell'ampio deserto seminato di ripostigli misteriosi.

Un po' di fumo, qualche sorda detonazione si alzò verso di loro dall'albergo. Erano stati veduti, e si sparava il cannone in segno d'onoranza e di saluto. E l'idea che tutti lo guardavano, che i suoi alpinisti erano laggiù, con le *misses*, coi *Risini* e coi *Conservisti* illustri, tutti armati di cannocchiali per contemplarlo in quella gloria, richiamò Tartarin alla grandezza della sua missione.

Ti strappò allora dalla mano della guida, o bandiera tarasconese... ti fece sventolare due o tre volte... poi, conficcando il piccone nella neve, si mise a sedere sul ferro... lo stendardo in pugno, maestoso, facendo fronte al suo pubblico. E senza ch'egli se ne accorgesse, per una di quelle refrazioni spettrali così frequenti sulle alte cime, preso fra il sole e le caligini che si alzavano alle sue spalle, si disegnò sul cielo un Tartarin gigantesco, ingrossato e tozzo, con la barba ispida fuori del passamontagna; simile a uno di quegli Dei scandinavi che la leggenda favoleggia in mezzo alle nuvole!...

XI.

Partenza per Tarascona. — Il lago di Ginevra. — Tartarin propone di fare una visita alla prigione di Bonnivard. — Breve dialogo fra le rose. — Tutti in trappola. — L'infelice Bonnivard. — Dove si ritrova una certa corda fabbricata ad Avignone.

In conseguenza dell'ascensione sulla Jungfrau, il naso di Tartarin gonfiò, si spellò; e le sue gote si screpolarono orribilmente. Per cinque giorni rimase chiuso in camera, all'albergo Bellevue. Cinque giorni di posche, di pezzette, di unzioni; delle quali temperava la nausea e la noia giuocando a tresette coi delegati tarasconesi, o dettando loro una lunga relazione circostanziata del suo viaggio, da leggersi poi in adunanza al Club delle Alpine, e da pubblicarsi nel *Fòro*. Più tardi, quando fu scomparso il reuma generale, quando sul nobile volto del P. C. A. non restò più che qualche macchia, o palastra, o bitorzolo cosa una bella tinta di terracotta etrusca, la Commissione e il suo presidente si riposero in cammino per Tarascona, via Ginevra.

Passiamo sopra agli episodi del viaggio: quali ad esempio lo sbalordimento suscitato dalla brigatella meridionale nei vagoni stretti, nei battelli a vapore, nelle sale da pranzo a tavola rotonda, con quella solita esuberanza di canti, di grida, di gesti, e quella famigliarità eccessiva, e quella bandiera, e quei bastoni ferranti… poiché dall'ascensione del presidente in poi, tutti si erano muniti d'un *alpenstock* sul quale i nomi delle montagne più celebri si leggevano, bollati a fuoco, in versi da confetti parlanti.

Montreux!…

Qui la Commissione, sulla proposta di Tartarin, decise di fermarsi un giorno o due per visitare le famose rive del Lemano: specialmente Chillon, e la sua leggendaria prigione in cui languì l'illustre patriota Bonnivard, e che Byron e Delacroix hanno resa popolare.

In fondo in fondo Tartarin non si sentiva una gran tenerezza per Bonnivard, visto che la sua avventura con Guglielmo Tell gli aveva aperto gli occhi intorno alle tradizioni della Svizzera. Ma passando a Interlaken, aveva saputo che Sonia era partita per Montreux con suo fratello, la cui salute andava peggiorando. Così l'invenzione del pellegrinaggio storico serviva unicamente di pretesto per rivedere la bella ragazza e… chi sa… fors'anco deciderla ad andar con lui a Tarascona.

I delegati però, ben inteso, credevano con la maggior buona fede del mondo di venire a rendere omaggio al gran patriota ginevrino di cui il P. C. A. aveva loro raccontato la storia; che anzi, appassionati com'erano per le rappresentazioni teatrali, appena scesi a Montreux, avrebbero voluto disporsi in fila e marciare su Chillon a bandiera spiegata, gridando mille volte: «Viva Bonnivard!». Il presidente fu obbligato a calmarli.

— Facciamo prima colazione… — egli disse — poi si vedrà…

E tutti insieme presero posto nella diligenza d'una *Pensione Müller* purchessia, ferma come tante altre dinanzi alla Stazione di arrivo.

— To'… — disse Pascalon, montando ultimo in vettura con la bandiera sempre difficile a collocare anche in un omnibus… — To'; badate là quel gendarme come ci tien gli occhi addosso!…

E Bravida impensierito aggiunse:

— È vero… Che diavolo vorrà da noi!.!.

— Mi avrà riconosciuto, per Zio!… — osservò Tartarin modestamente, sorridendo da lontano al soldato di polizia, che col suo cappuccio turchino sulla testa si voltava ostinatamente verso l'*Omnibus,* già lontano sotto i pioppi della passeggiata.

Quella mattina, a Montreux, c'era mercato. Le baracche all'aria aperta stavano in fila lungo il lago, mettendo in mostra frutta, legumi, merletti a poco prezzo e oreficerie leggere: catene, fibbie, piastrelle, di cui si adornano il vestiario le ragazze svizzere, e che paiono neve filata o corallini di ghiaccio. Nel piccolo porto, in una confusione pittoresca, si aggirava una intera flottiglia di barchette da passeggiata dipinte a colori vivaci; mentre aumentavano il rumore e l'animazione i lavori di trasbordo delle mercanzie portate dai brigantini a vela latina, i fischi assordanti e le campanelle dei vaporetti, l'andirivieni dei caffè, delle birrerie, delle botteghe di fioraie e di rigattieri che fiancheggiano lo scalo. Avesse brillato su quella scena un raggio di sole, si sarebbe potuto supporre d'essere alla marina di qualche stazione mediterranea, fra Mentone e Bordighera!... Ma il sole mancava affatto; e i Tarasconesi guardavano quel grazioso paese attraverso il vapore tepido d'acqua, che si alzava dal lago azzurro, saliva su per le gradinate e i vicoli sassosi e sopra i tetti delle case raggiungeva altri nuvoli neri striscianti sul verde cupo della montagna, e carichi di pioggia da non poterla più trattenere.

Ecco, io, *presempio*, non sono punto lacustre!...

— disse Spiridione Excourbaniès, ripulendo i vetri per veder meglio la prospettiva dei ghiacciai e dei vapori bianchi che chiudevano l'orizzonte di fronte a lui.

— E nemmen io to'... — sospirò Pascalon. — Tutta questa nebbia, quest'acqua morta... mi fa venir voglia di piangere.

Anche Bravida si lamentava, e temeva per la sua sciatica.

Tartarin li riprendeva severamente. Non contavano per nulla, loro, di poter raccontare al ritorno che avevano visitato la prigione di Bonnivard, e scritto il nome su quelle pareti storiche, accanto ai nomi del Rousseau, del Byron, di Vittore Hugo, di Giorgio Sand, di Eugenio Sue?... Tutto a un tratto, a mezzo della predica, il presidente s'interruppe e cambiò di colore. Aveva visto passare un certo cappellino sopra certe trecce bionde... Senza neppure far fermare *l'omnibus* che andava più piano alla salita, Tartarin si precipitò fuori gridando agli alpinisti stupefatti: «Ci rivedremo all'albergo».

— Sonia!... Sonia!...

Temeva di non poterla raggiungere; tanto la ragazza affrettava il passo, facendo spiccare in ombra la sua graziosa figurina sul selciato della strada. Ella si volse e lo aspettò. «Ah! siete voi?». E preso appena il tempo di stringergli la mano, ricominciò a camminare. Lui si accompagnò, ansante, scusandosi di averla lasciata in un modo così... brusco; ma l'arrivo de' suoi amici... la necessità di compiere l'ascensione di cui il suo volto portava ancora le tracce... Sonia ascoltava senza dir nulla, senza guardarlo, affrettando il passo, con l'occhio fisso ed intento. Così di profilo, gli parve pallida molto.

I lineamenti avevano perduto quel vellutato candore infantile, si erano fatti più duri, più risoluti; avevano acquistato quel carattere d'imperiosa volontà che prima la fanciulla rivelava soltanto nella voce. Ma sempre la solita grazia giovanile, i soliti capelli inanellati d'oro.

— E Boris, come va?... — domandò Tartarin un po' imbarazzato da quel silenzio, da quella freddezza.

— Boris?... — e trasalì... — Ah! sì, è vero... voi non sapete... Venite con me; venite...

Avanzavano per una viottola di campagna, fiancheggiata di vigne in declivio fino al lago; di ville, di giardini eleganti, di terrazze e di pergolati verdeggianti e fioriti di rose, di petunie e di mirti. Di tanto in tanto s'imbattevano in qualche fisionomia straniera, dalle fattezze angolose, dagli occhi smorti, dall'andatura lenta ed inferma; come se ne incontrano a Mentone ed a Monaco. Soltanto, laggiù, la luce attenua tutto, assorbe tutto; mentre sotto quel cielo nuvoloso e basso la sofferenza si vede di più, come i fiori paiono più freschi.

— Entrate... — disse Sonia aprendo il cancello sotto un frontone di muratura tinto in bianco e segnato di un'iscrizione russa a lettere d'oro.

Così sul subito, Tartarin non capì dove si trovava. Un

giardinetto coi viali ben tenuti, ghiaiati, orlati di rosai rampicanti sui tronchi degli alberi sempre verdi; grandi Cespugli di rose gialle e bianche che empivano di luce e di profumo l'angusto sentiero. Fra quelle ghirlande, in mezzo a quella fioritura rigogliosa, qualche lastra di marmo alta o bassa con delle date... dei nomi... uno fra gli altri, di recente scolpito:

— Boris Wassilief, 22 anni.

Era là, da pochi giorni, morto quasi subito dopo che erano arrivati a Montreux; e in quel cimitero di stranieri aveva ritrovato un po' la patria fra i Russi, i Polacchi, gli Svedesi seppelliti sotto i fiori, tutti malati di petto dei climi freddi, che si mandano in quella Nizza settentrionale perché il sole del mezzogiorno sarebbe per loro troppo violento, e la transizione troppo repentina.

Restarono un momento immobili e muti dinanzi alla lapide bianca, tutta nuova, che spiccava sul bruno colore della terra smossa di fresco. La ragazza, con la testa china, respirava l'odore delle rose e nascondeva nelle foglie i suoi occhi rossi.

— Povera figliuola!... — disse Tartarin commosso. E stringendo nelle sue mani rozze e poderose la punta delle dita di Sonia: — E voi, adesso, che farete?...

Sonia lo guardò bene in faccia con gli occhi sfavillanti ed asciutti dove non tremolava più nessuna lagrima:

— Io... parto fra un'ora...

— Voi partite?...

— Bolibine è di già a Pietroburgo... Manilof mi aspetta per passare il confine... rientro nella fornace. Si sentirà parlare di noi...! — E sottovoce, con un mezzo sorriso, dardeggiando il suo sguardo azzurro in quello di Tartarin che esitava, sfuggiva, aggiunse: — Chi mi vuol bene, mi segua!..

Ah! *presempio...* seguirla!... Quella fanatica gli faceva proprio paura... e poi quella scena lugubre aveva raffreddato molto il suo amore. Bisognava però scusarsi dignitosamente... E con la mano sul cuore, con un gesto da Abencerragio, l'eroe cominciò:

— Voi mi conoscete, Sonia...
Lei non volle sentir altro.
— Chiacchierone!... — mormorò alzando le spalle. E se ne andò dritta e altera fra i cespugli di rose, senza voltarsi nemmeno un istante. — Chiacchierone!... — Nemmeno una parola di più... Ma l'intonazione era così sprezzante, che il buon Tartarin ne arrossì per fin nella barba; e si assicurò che erano ben soli nel giardino, e che nessuno aveva ascoltato.

Fortunatamente, nel nostro eroe le impressioni duravano poco. Cinque minuti dopo, risaliva le pendici di Montreux, a passo svelto, in cerca della pensione Müller, dove i suoi amici dovevano aspettarlo a colazione... e tutto in lui spirava la gioia, il sollievo di averla fatta finita con quella relazione pericolosa. Camminando sottolineava con grandi movimenti di testa le eloquenti spiegazioni che Sonia non aveva voluto ascoltare e che adesso egli dava a se medesimo, mentalmente. «Be', dico, *presempio*... il dispotismo... non lo nego, di sicuro... ma dall'idea passare all'azione... corbezzole!...» E poi, quello sì che è un mestiere faticoso, tirare sui despoti. Sicché se tutti i popoli oppressi si rivolgessero a lui per ammazzare il tiranno, come gli Arabi a Bombonnel per uccidere la tigre che rigira intorno al *duar*, lui non avrebbe più tempo da bastare a ogni cosa... *per Zio!*...

Una vettura di piazza, che passava lanciata alla carriera, gli troncò a mezzo il monologo. Ebbe appena la fortuna di poter saltare sul marciapiede.

— Bada davanti, animale!... — Ma il suo grido di collera si cambiò immediatamente in una esclamazione di sorpresa: — Ma che rob'è!... *Presempio*... Impossibile!...

Si può dare in mille a indovinare che cosa aveva veduto in quella vettura di piazza. La Commissione... la Commissione intera, Bravida, Pascalon, Excourbaniès... pigiati sul sedile di dietro, pallidi, disfatti, smarriti, come dopo una lotta, e in faccia a loro due gendarmi col moschetto in pugno. Tutti quei profili, immobili e muti, incorniciati nello stretto quadro dello sportello, avevano l'aspetto di figure da sogno. E ritto in piedi, inchiodato come altra volta sul ghiaccio dai ferri Kennedy, Tartarin guardava sfuggire al galoppo quella carrozza fantastica, dietro alla quale correva uno sciame di ragazzacci usciti di scuola con le loro cartelle sulle spalle. Quando a un tratto una voce risuonò alle sue orecchie: «E quattro!...». E nel tempo stesso afferrato, legato, ammanettato, caricato anche lui sopra una *timonella*, con due gendarmi e un ufficiale armato della sua salacca gigantesca che teneva dritta fra le gambe, in modo che l'impugnatura toccava il cielo della carrozza.

Tartarin voleva parlare, voleva chiedere e dare delle spiegazioni. Evidentemente ci doveva essere un equivoco!...

E declinò il suo nome, la sua patria; citò in testimonio il suo console, e un mercante di miele svizzero a nome Ichener che aveva conosciuto alla fiera di Beaucaire. Poi, dinanzi al mutismo ostinato delle guardie, ricominciò a pensare a una nuova scenetta del programma di Bompard, e indirizzandosi all'ufficiale, strizzando un occhio, gli disse:

— Si fa per ridere, eh?... Via dunque, burlone... io lo so bene che si fa per ridere!...

— Non una parola, o vi metto il bavaglio... — rispose l'ufficiale aggrottando terribilmente le ciglia, da far credere che stava per passare il prigioniero a fil di salacca.

Tartarin si chetò, non si mosse più; guardando dallo sportello il panorama del lago, delle montagne alte e tinte d'un verde acquoso, degli alberghi dai tetti variopinti, dalle insegne dorate visibili a tre chilometri di distanza... E sulle salite, come al Righi, un via vai di barrocci e di veicoli; e sempre come al Righi, una ferrovia piccina e grottesca, un balocco meccanico pericoloso che va su fino al picco di Glion; e per rifare in tutto la somiglianza con la *Regina montium*, una pioggia fitta e dirotta, uno scambio d'acqua fra il cielo e il Lemano, fra il Lemano e il cielo, coi nuvoli che arrivavano a mescolarsi con le onde.

La carrozza entrò sopra un ponte levatoio, tra due file di bottegucce dove si vendevano delle corna di camoscio ridotte in tutte le forme, coltelli, temperini, abbottona-guanti e pettini da tasca; superò una porticciuola bassa e si fermò nel cortile di un vecchio torrione, tappezzato di musco, fiancheggiato di torricelle a forma di pepaiuola, bucato di *musciarabié* nere sostenute con travicelli. Che luogo era cotesto?... Tartarin lo capì sentendo l'ufficiale di gendarmeria discutere col custode del castello, pezzo d'uomo bruno con una papalina sulla testa e un mazzo di chiavi alla cintola.

— Si fa presto a dire: in segreta... ma non c'è più posto... È tutto occupato... A meno di volerlo mettere nella cella di Bonnivard...!

— E mettetelo nella cella di Bonnivard... sarà sempre troppo bella per lui...! — Così disse il capitano, e così fu fatto.

Quel castello di Chillon — di cui il P. C. *A*. da due giorni non cessava di parlare ai suoi cari alpinisti e nel quale, per un'ironia del destino, si trovava carcerato senza sapere perché — è uno dei monumenti storici più frequentati della Svizzera. Dopo aver servito di residenza estiva ai conti di Savoia, poi da prigione di Stato, da deposito di armi e di munizioni, oggi non è più che un pretesto per passeggiate e gite di piacere; come il Righi-Kulm e la Tellsplatte. Tuttavia vi hanno lasciato un corpo di guardia e un *deposito* per gli ubbriachi e i vagabondi del paese... ma questi son così rari nel pacifico cantone di Vaud, che il *deposito* riman sempre vuoto e il custode ci mette la sua provvisione di legna per l'inverno. Perciò appunto l'arrivo di tanti prigionieri l'aveva messo di cattivissimo umore. Lo turbava l'idea di non poter più far vedere ai forestieri la *celebre prigione*... che in quella stagione era giust'appunto il suo maggior guadagno.

Furibondo, mostrò la strada a Tartarin, che lo seguì senza nessuna voglia di far resistenza. Pochi scalini barcollanti, un corridoio umido che puzzava di cantina, una porta grossa come una muraglia con enormi arpioni di ferro... e si trovarono in un vasto sotterraneo a volta, sterrato, sorretto da gravi pilastri alla romana ov'erano infissi gli anelli di ferro che prima incatenavano i prigionieri di Stato. Attraverso le strette feritoie che lasciavano appena vedere un lembo di cielo, passava una mezza luce col tremolìo sbalugginante dei riflessi del lago.

— Voi starete qui... — disse il carceriere. — Badate di non andare laggiù in fondo; ci sono i trabocchetti.

Tartarin indietreggiò spaventato.

— I trabocchetti... giurammio!...

— Ma che volete che vi dica, figliuolo!... Mi hanno comandato di mettervi nella prigione di Bonnivard; e io vi metto nella prigione di Bonnivard... Ora poi, se avete qualche soldo, si potrà fornirvi certi comodi... per esempio una materassa, una coperta per la notte...

— Prima di tutto, da mangiare!... — disse Tartarin, al quale, per fortuna, non avevano levato il portamonete.

Il custode ritornò subito con un pan fresco, della birra e del cervellato, che furono divorati in un attimo dal nuovo prigioniero di Chillon digiuno dal giorno avanti e tormentato dalla stanchezza e dalle emozioni. Mentre mangiava sopra una panchina di pietra, il carceriere lo guardava con occhio benevolo dal finestrino della porta.

— Vorrei sapere — disse lui che cosa avete fatto per essere trattato con tanta severità.

— Eh, giuracane!... — rispose Tartarin con la bocca piena... — è precisamente quel che vorrei sapere anch'io!...

— Ma di sicuro, la fisonomia d'un furfante voi non l'avete... e non vorrete impedire a un povero padre di famiglia di guadagnarsi il pane... no?... sentite dunque. C'è su al primo piano una comitiva di forestieri venuta per vedere la prigione di Bonnivard... Se mi promettete di star tranquillo, di non tentare una fuga...

Il buon Tartarin promise con giuramento. E cinque minuti dopo, vedeva la sua prigione invasa dalle sue antiche conoscenze del Righi-Kulm e della Tellsplatte... quell'asino di Schwanthaler, l'*ineptissimus* Astier-Réhu, il membro del Jockey-Club con la nipote (uhm! uhm!...), tutti i colleghi del viaggio circolare Cook. Vergognoso, timoroso d'essere riconosciuto, il disgraziato si rifugiava dietro i pilastri, mutando posto a misura che gli amici giravano la prigione, preceduti dal custode che faceva con voce nasale il suo solito fervorino: «Questo è il luogo in cui lo sventurato Bonnivard...».

Camminavano lentamente, trattenuti dalle discussioni dei due dotti, sempre di parer contrario fra loro, sempre pronti a saltarsi agli occhi... l'uno, agitando il suo panchetto pieghevole, l'altro la sua sacca da viaggio, in attitudini fantastiche che la mezza luce delle feritoie allungava in ombre sulle vòlte.

A forza di dare indietro, Tartarin si trovò vicino all'apertura dei trabocchetti... un pozzo nero, aperto a livello del suolo, da cui veniva su il fiato dei secoli passati, paludoso e glaciale. Spaventato, si fermò a tempo, si raggomitolò in un cantuccio, col berretto ingozzato sugli occhi. Ma il salnitro e l'umidità delle muraglie fecero il solito effetto... e dopo poco, uno starnuto rimbombante che fece scuotere tutti i viaggiatori, li avvertì della presenza d'un essere umano.

— Senti!... lo sventurato Bonnivard!... — esclamò ridendo la parigina sfacciatella, col cappellino tutto penne, che quel signore del Jockey-Club faceva passare per sua nipote.

Il Tarasconese non si perse d'animo.

— Eppure sono interessanti, questi trabocchetti!... — diss'egli col tuono più naturale del mondo, come se anche lui fosse lì a visitare la prigione per suo divertimento. E si mischiò al gruppo dei viaggiatori, che sorridevano riconoscendo l'alpinista del Righi-Kulm, l'iniziatore della famosa festa da ballo.

— Eh!... sindiore!... ballir... danzir...!

Era la figurina tombolotta della Schwanthaler che si piantava dinanzi a lui, pronta a partire per una contraddanza. Oh! sì, proprio aveva voglia di ballare, lui!... Allora non sapendo come sbarazzarsi di quella abbreviatura di donna, le offrì gentilmente il braccio e la menò in giro per la *sua* prigione. Le fece vedere l'anello dove si ribadiva la catena del prigioniero, la traccia de' suoi passi sulle lastre consumate attorno al medesimo pilastro… E mai, a sentirlo parlare con tanta amenità, mai la buona signora si sarebbe figurata che il suo cicerone era anche lui prigioniero di Stato, vittima dell'ingiustizia e della cattiveria degli uomini. Il momento terribile, *presempio,* fu quello della partenza; quando lo *sventurato Bonnivard,* dopo avere accompagnato la sua ballerina fino alla porta, prese congedo da lei con un sorrisetto di uomo del bel mondo.

— No, grazie… io resto un altro momento…

E fece un gran saluto… e il carceriere che stava con tanto d'occhi, richiuse l'uscio e mise il catenaccio, con gran meraviglia di tutta la comitiva.

Che vergogna!… Sudava dalla pena, povero Tartarin, stando ad ascoltare le esclamazioni dei viaggiatori che si allontanavano. Per fortuna quel supplizio non si rinnovò più in tutto il giorno. Nessuno venne al castello per causa del cattivo tempo. Un vento terribile che entrava dalle feritoie, i gemiti che salivano dai trabocchetti come lamenti di vittime mal sotterrate, e la risacca delle onde del lago che batteva le muraglie del torrione a livello delle aperture e spruzzava fino sul prigioniero, lo tennero lungamente inquieto. Di tanto in tanto si sentiva la campanella d'un vaporetto e il rumore delle sue ruote nell'acqua, come per battere il tempo alle amare riflessioni del Tarasconese; mentre la sera scendeva, caliginosa e buia, nella prigione che sembrava più vasta.

Come spiegare il suo arresto, il suo imprigionamento in un luogo così funebre?… Costecalde forse?… Una manovra elettorale?… O invece la polizia russa, avvertita delle parole imprudenti pronunziate da lui e della sua relazione con Sonia, aveva domandato l'estradizione?… Ma allora perché arrestare anche i suoi alpinisti?… Che si poteva rimproverare a quei disgraziati, di cui egli si immaginava il terrore, la disperazione, sebbene non fossero come lui nella prigione di Bonnivard, sotto quelle vòlte di pietra, corse e ricorse nella notte da una miriade di topi enormi, di blatte colossali, di ragni giganteschi, silenziosi, dalle zampe pelose e difformi.

Eppure… quanto vale una buona coscienza!… A

dispetto dei topi, del freddo, dei ragni, il gran Tartarin trovò nell'orrore della prigione di Stato, piena d'ombre di martiri, il sonno profondo e sonoro, a bocca aperta e pugni chiusi, che aveva già goduto fra il cielo è l'abisso nella capanna del Club Alpino. E sognava ancora la mattina, quando entrò il carceriere..

— Alzatevi... il Prefetto del distretto è arrivato per interrogarvi... — E aggiunse poi con un certo rispetto: — Perché sua Eccellenza si sia incomodato... dovete essere un malfattore di prim'ordine...

Malfattore?... no... ma è possibile averne l'aspetto dopo una notte in prigione, all'umido, al fango, senza essersi nemmeno lavato il viso. E nell'antica scuderia del Castello trasformata in corpo di guardia, guarnita di moschetti in rastelliera sulle pareti rintonacate, quando Tartarin — dopo un'occhiata rassicurante gettata a' suoi alpinisti seduti fra i gendarmi — comparve dinanzi al Prefetto, si vide chiaro sul suo volto il sentimento del suo cattivo aspetto di fronte a quel magistrato tutto pulito, vestito di nero, con la barba fatta allora... che lo interpellò severamente:

— Voi vi chiamate Manilof, è vero?... suddito russo... incendiario a Pietroburgo... rifugiato e assassino in Isvizzera...

— Io!... ma nemmeno per sogno!... È un errore; un equivoco... un...

— Silenzio o vi metto il bavaglio... — interruppe il capitano.

— Del resto... — riprese il Prefetto tutto pulito — per tagliar corto a tutte le vostre negative... conoscete questa corda?...

La sua corda, corpo del diavolo!... La sua corda intrecciata di fil di ferro, fabbricata ad Avignone!... Abbassò la testa, con grande stupore dei suoi alpinisti, e disse:

— La conosco.

— Con questa corda è stato impiccato un uomo nel Cantone di Unterwald...

Tartarin fremendo giurò che lui non c'entrava per nulla.

— Staremo a vedere...

E fu introdotto il tenore còrso, l'agente di polizia che i russi avevano impiccato a un ramo di quercia sul Brünig; e che certi boscaioli avevano salvato miracolosamente.

La spia guardò fisso Tartarin.

— Non è lui!... — poi i suoi compagni — neanco questi!... È stato uno sbaglio!...

Il Prefetto furibondo si volse a Tartarin:

— Ma allora, voi, che ci fate qui?...

— E lo domandate a me, *presempio?*... — rispose il presidente con l'ardire dell'innocenza calunniata.

Dopo una breve spiegazione gli alpinisti di Tarascona, restituiti in libertà, si allontanavano dal Castello, di cui nessuno più di loro aveva provato la malinconia opprimente e romantica. Si fermarono alla pensione Müller per riprendere le valigie e la bandiera, per pagare la colazione del giorno innanzi che non avevano avuto tempo di mangiare, e corsero a prendere il treno per Ginevra. Attraverso i vetri degli sportelli grondanti, lessero il nome della stazioni di villeggiatura aristocratica: Clarens, Vevey, Losanna; e videro i villini rossi, i giardinetti di arbusti rari, passare sotto un velo d'acqua, fra il gocciolare dei rami, dei tetti e delle terrazze degli alberghi.

Rannicchiati in un angolo del lungo vagone svizzero, su due sedili uno in faccia all'altro, gli alpinisti si guardavano con la faccia burbera e dispettosa. Bravida, amaro come il veleno, si lamentava di dolori articolari; e ogni tantino domandava a Tartarin con un'ironia feroce:

— Be'... l'avete veduta la prigione di Bonnivard? Avevate tanta voglia di vederla!... Ora l'avete vista, *presempio!*...

E Excourbaniès, afono per la prima volta in vita sua, guardava dispettosamente il lago che non finiva mai di ricomparire agli sportelli e sospirava:

— Ce n'è dell'acqua in questo paese, Dio dei dei!... Non voglio più fare un bagno finché vivo!...

Abbruttito dalla paura, Pascalon, con la bandiera fra le gambe, cercava di nascondercisi dietro, guardando a destra e a sinistra come una lepre inseguita...

E Tartarin?... Oh! lui, sempre maestoso, sempre calmo, si dilettava leggendo i giornali francesi, un pacco di giornali spediti alla pensione Müller, giornali del Mezzogiorno che tutti riportavano dal *Fòro* il racconto della sua ascensione alla *Jungfrau*, il racconto dettato da lui, ma abbellito e accresciuto, e pieno d'elogi altisonanti. Tutto a un tratto l'eroe getta un grido; un grido tremendo che rimbomba per tutto il vagone.

I viaggiatori balzano in piedi... Si teme un deviamento... No... Era un semplice articoletto del *Fòro*, un paragrafo di cronaca, che Tartarin lesse a' suoi alpinisti.

— State attenti... *Corre voce che il V. P. C. A. Costecalde, ristabilito appena dalla itterizia che lo tenne infermo diversi giorni, partirà per compiere l'ascensione del Monte Bianco, e salire così più in alto di Tartarin...* Ah! canaglia!... Mi vuole sciupare l'effetto della mia *Jungfrau!*... Ma aspetta!... Te la darò io l'ascensione!... Chamonix è a poche ore da Ginevra... salirò al Monte Bianco prima di lui... Ci state voi altri, ragazzi?...

Bravida protestò. Corbezzole!... Lui ne aveva abbastanza di viaggi.

— Abbastanza, e più che abbastanza — vociferò Excourbaniès, fioco fioco.

— E tu, Pascalon?... — domandò dolcemente Tartarin.

L'apprendista belò senza osare di alzar gli occhi:

— Preside...e... ente...

Anche quello lo rinnegava.

— Sta bene!... — disse l'eroe, solenne e amareggiato. — Partirò io solo, e la gloria sarà tutta mia... Qua: datemi la bandiera!...

XII.

L'Albergo Baltet a Chamonix. — Odor d'aglio!... — Dell'impiego della corda nelle gite alpestri. — Stretta di mano. Un discepolo dello Schopenhauer. — Alla fermata dei Grands-Mulets. — «Tartaréin, ho da parlarvi!...».

Il campanile di Chamonix batteva le nove in una serata di vento freddo e di pioggia gelata. Tutte le strade erano buie; in tutte le case i lumi erano spenti, tranne qua e là i portoni e le facciate degli alberghi, dove il gas risplendeva rendendo più cupi ancora i dintorni nel riflesso vago della neve montanina, d'un candore astrale sul nero del cielo.

All'albergo Baltet — uno dei migliori e de' più frequentati del villaggio — i numerosi viaggiatori erano scomparsi a poco a poco dal salone, stanchi delle escursioni della giornata; e ci rimaneva soltanto un pastore inglese che giocava silenziosamente a dama con la sua signora, mentre le sue innumerevoli figlie, in grembiule di seta cruda a pettorina, si spicciavano a copiare gl'inviti per il prossimo *servizio evangelico*. Seduto dinanzi al caminetto dove bruciava un bel fuoco di legna, un giovane Svedese, pallido e magro, guardava la fiamma con gli occhi smorti, e sorseggiava delle bibite di *kirsch* e acqua di seltz. Qualche volta un viaggiatore in ritardo traversava la sala con le ghette fangose, con l'impermeabile grondante; guardava il barometro appeso alla parete; lo picchiettava un tantino, consultava il mercurio per sapere il tempo della dimane e scappava a letto per disperato. Tutto questo senza una parola; senz'altra manifestazione di vita che il crepitare del fuoco nel caminetto e della neve gelata sui cristalli; più il fiotto, rabbioso dell'Arve sotto gli archi del ponte di legno a pochi metri dall'albergo.

Repente si aprì la porta del salone, un portinaio gallonato d'argento entrò carico di valigie e di coperte; e con lui quattro alpinisti trementi dal freddo, e accecati per il subitaneo passaggio dal buio e dal gelo esterno alla luce calda della locanda.

— Dio de' Dei!... che tempo!...
— Da mangiare subito, eh?...
— E scaldate i letti, *presempio!*...

Parlavano tutti insieme, di fondo alle loro sciarpe di lana, e scialli, e *plaids*, e berretti con le rivolte; e non si sapeva a chi dar retta; quando uno più piccolo di tutti, che chiamavano il *presidente*, impose agli altri silenzio gridando più forte di loro.

— Prima di tutto, il registro dei viaggiatori... — comandò in tono imperioso; e scartabellandolo in fretta lesse a voce spiegata i nomi dei viaggiatori che da otto giorni avevano alloggiato in locanda: Dottor Schwanthaler e consorte... Astier-Réhu dell'Accademia di Francia... Al solito!... Ne scorse così tre o quattro pagine, diventando pallido quando gli pareva di vedere un nome somigliante a quello che cercava. Poi, alla fine, gettato il libro sulla tavola con un sorriso di trionfo, l'omiciattolo fece una piroetta da monello, a dispetto della pancia, e disse:

— E non c'è, veh!... E non è mica venuto!... Sarebbe smontato qui, to'... Benone così; Costecalde è nel sacco... *Lagadigadù!*... E adesso sotto alla zuppa, ragazzi!...

E il buon Tartarin, dopo aver salutato le signore, marciò verso la sala da pranzo, seguito dalla Commissione affamata e tumultuante.

Ma sì... anche la Commissione... tutta... persino Bravida!... Perché non era possibile altrimenti. Che cosa avrebbero detto, laggiù, vedendoli tornare senza Tartarin?... Ognuno capiva che si sarebbe fatto una meschina figura. E al momento di separarsi, alla stazione di Ginevra, la sala della trattoria fu testimone di una scena patetica; pianti, abbracciamenti, addii strazianti alla bandiera... dopo dei quali tutti e quattro si pigiavano nella carrozza che il P. C. A. aveva noleggiata per Chamonix. Quella magnifica strada essi la fecero a occhi chiusi, rivoltati nelle loro coperte, russando come organi, senza occuparsi del paesaggio meraviglioso che subito dopo Sallanches si distendeva sotto la pioggia; abissi, foreste, cascate spumeggianti; e visibile o nascosta secondo le ondulazioni della vallata, la cima del Monte Bianco al disopra delle nuvole. I Tarasconesi non pensavano che a ristorarsi della cattiva notte passata sotto i chiavistelli di Chillon. E anche adesso, nella lunga sala da pranzo dell'albergo Baltet, mentre si serviva loro in tavola una buona minestra riscaldata e gli avanzi della tavola rotonda, mangiavano voracemente, senza parlare, desiderosi solamente di finir presto per andarsene a letto. Improvvisamente, Spiridione Excourbaniès che ingozzava giù come un sonnambulo, uscì fuor del suo piatto, e fiutando l'aria intorno a sé:

— Corbezzole!... sento un odore d'aglio!...

— Ma è vero, *presempio*... si sente benone... — aggiunse Bravida.

E tutti ringalluzziti a quel ricordo della patria, a quel profumo di vivande paesane che Tartarin non aveva più respirato da tanto tempo, cominciarono a dimenarsi sulle seggiole con l'ansia della ghiottoneria.

L'odore veniva dal fondo della sala, da una stanzetta dove mangiava solo solo un viaggiatore, un personaggio di grande importanza di certo, perché ogni tanto il berretto bianco del cuoco si mostrava allo sportellino che comunicava con la cucina, per passare alla camerieretta di servizio dei piattini coperti che sparivano nel salotto appartato.

— Qualcheduno del mezzogiorno, direi... — mormorò l'innocente Pascalon. E il presidente, diventato verde all'idea che potesse essere Costecalde, ordinò subito:

— Andate a vedere, Spiridione... Poi ci saprete dire...

Una risata omerica partì di dietro all'uscio dove il *trombone* era entrato per obbedire al superiore; e donde condusse fuori, tenendolo per la mano, un pezzo di diavolo tutto naso, con due occhi malandrini, e il tovagliolo sotto il mento come

l'elefante di Bidel.
— Gua'... Bompard!...
— To!... l'*impostore*!...
— Oh!... addio, Gonzaga... come va?...
— Ma, viceversa poi non va mica male... — disse il corriere stringendo le mani a tutti e sedendo alla tavola dei Tarasconesi per divider con loro un piatto di funghi con l'aglio, cucinati proprio dalla padrona dell'albergo, che alla pari di suo marito non poteva soffrire la cucina della tavola rotonda.

Era la gioia dell'intingolo nazionale o la felicità dell'incontro col passato, con quell'ottimo Bompard dall'immaginazione inesauribile?... Fatto sta che la stanchezza e il sonno sparirono come per incanto; si stapparono parecchie bottiglie di Sciampagna; e gli amici coi baffi tutti imbrattati di schiuma, ridevano, gridavano, saltavano, si prendevano per la vita, pieni di cordialità e di effusione.

— E non vi lascio più, veh!... — diceva Bompard. — I miei Peruviani sono partiti... sono libero...

— Libero?... Allora domani vieni a fare il Monte Bianco con me!...

— Ah!... — fece Bompard senza entusiasmo. — Fate il Monte Bianco domani?...

— Sicuro, ecco... E lo *soffio* a Costecalde come una pedina al giuoco della dama!... Quando arriverà qui, psitt!... il Monte Bianco sarà fatto... Tu ci stai, eh, Gonzaga?...

— Ci sto... ci sto... tempo permettendolo. Perché la montagna, viceversa, non è mica sempre comoda in questa stagione.

— Ah!... ah!... non è comoda?... Via dunque!... — fece Tartarin guardando Bompard con un sorrisetto da augure, che il corriere parve capisse poco.

Andiamo intanto a prendere il caffè nel salone... Sentiremo il vecchio Baltet. Lui sa tutto... è un'antica guida che ha fatto l'ascensione ventisette volte...

La Commissione gridò come un uomo solo:

— Ventisette volte... *Corbezzole!*...

— Bompard esagera sempre... — osservò il P. C. A. con un leggiero accento d'invidia.

Nel salone ritrovarono la famiglia del pastore, sempre affannata intorno agli inviti, meno il padre e la madre che sonnecchiavano sulla dama. E il lungo Svedese rimuginava col cucchiaio la sua bibita di acqua di *seltz* e *kirsch*, col medesimo gesto abbandonato. Però, l'invasione dei Tarasconesi, un po' eccitati dallo Sciampagna, produsse, come ognuno capisce, qualche distrazione alle giovanette che scrivevano. Quelle belle ragazze non avevano mai veduto prendere il caffè con tanto lusso di mimica e di movimenti d'occhi.

— Tartarin... molto zucchero?

— Viceversa, comandante, non ce ne metto più... Lo sapete bene... dopo essere stato in Africa...

— È vero, gua'... domando scusa... Oh! ecco qui l'amico Baltet.

— Si accomodi, prego... signor Baltet...

— Viva Baltet... ah, ah, ah! *Fen dé brut!*...

Circondato, spinto, festeggiato da tutti quegli uomini che non aveva mai veduti, il vecchio Baltet sorrideva tranquillamente. Robusto savoiardo, alto, grosso, le spalle tonde, il petto largo, l'andatura lenta, aveva sulla faccia grassa e glabra due occhietti furbi sempre giovani, che la illuminavano e che facevano contrasto con la sua calvizie prodotta da un colpo di freddo, all'alba, nelle nevi.

— Questi signori desiderano di fare il Monte Bianco?... — disse il vecchio misurando i Tarasconesi con l'occhio umile e ironico nel tempo stesso.

Tartarin stava per rispondere; ma Bompard fece più presto di lui:

— La stagione è forse un po' avanzata, eh?...

— Ma no... ma no... — mormorò l'antica guida.

— Ecco qui un signore Svedese che monterà domani; e aspetto alla fine della settimana due signori americani per la stessa ascensione... che anzi, uno di loro è cieco...

— Lo so... li ho incontrati al Guggi...
— Ah!... lei è stato al Guggi?
— Otto giorni fa... montando alla cima della Jungfrau.

Ci fu un fremito fra le scrittrici evangeliche. Tutte le penne si fermarono, tutte le teste si volsero verso Tartarin, che per coteste inglesine, alpiniste fanatiche, abili a tutti gli esercizi ginnastici, acquistava un'autorità immensa. Era salito alla cima della Jungfrau!...

— Eh! una bella tappa!... — disse Baltet considerando il P. C. A. con una certa sorpresa; mentre Pascalon, intimidito dalla presenza delle signorine, arrossendo e balbettando, suggeriva:

Presid... e... ente... raccontate la cosa del... coso, sì, del crepa... paccio...

Il Presidente sorrise.

— Ragazzate!...

Ma ad ogni modo cominciò il racconto della sua caduta; sul principio con un'aria svogliata e indifferente; poi con tutti i movimenti analoghi, lo sgambettìo attaccato alla corda, sull'abisso, le grida a mani tese... Quelle signorine fremevano, lo divoravano con quegli occhi bianchi, essenzialmente inglesi, che si spalancano in tondo.

Nel silenzio che venne subito dopo, risuonò la voce di Bompard:

— Al Chimborazo, per passare i crepacci, non ci siamo attaccati mai.

I commissari si guardarono uno con l'altro. Come *tarasconata* quella le vinceva tutte.

— Oh! quel Bompard, *presempio*... — mormorava Pascalon ammirando ingenuamente.

Ma il vecchio Baltet, prendendo il Chimborazo sul serio, protestò contro il sistema di non attaccarsi. Secondo lui, non c'era ascensione possibile sui ghiacci senza una corda.

— Una buona corda di canapa di Manilla. Almeno, se uno scivola, gli altri lo trattengono...

— Purché, viceversa, la corda non si rompa... — disse Tartarin rammemorando la catastrofe del Cervino.

Ma l'albergatore, sottolineando le parole:

— Al Cervino la corda non si è rotta... Fu la guida di dietro che la tagliò con un colpo di piccone.

E poiché Tartarin s'indignava:

— Domando scusa, la guida era nel suo diritto... Vide l'impossibilità assoluta di trattenere gli altri, e si staccò da loro per salvare la sua vita, quella di suo figlio e del viaggiatore che accompagnavano... Senza la sua risoluzione ci sarebbero state sette vittime invece di quattro.

E qui cominciò la discussione. Tartarin opinava che attaccarsi tutti in fila era come prendere un impegno d'onore di vivere o di morire insieme. Esaltato, eccitato dalla presenza delle signore, appoggiava la sua sentenza su esempi presi lì per lì, fra le persone presenti:

— Così domani, to'... *presempio*, attaccandomi alla medesima fune con Bompard, non sarà semplicemente per prendere una precauzione; ma per giurare davanti a Dio e agli uomini di essere una sola persona col mio compagno, e di morire piuttosto che tornare a casa senza di lui, insomma dunque!...

— Accetto il giuramento per me come per voi, Tartar*éin*... — gridò Bompard dall'altra parte del tavolino.

Fu un minuto di grande emozione.

Il pastore elettrizzato si alzò e venne ad infliggere all'eroe una di quelle strette di mano all'inglese, che paiono colpi di stantuffo a vapore. Sua moglie lo imitò... e poi tutte le figliuole, una per volta, continuando lo *shake hands* con un vigore da far salir l'acqua a un quinto piano. I delegati, per dire la verità, si mostrarono meno entusiasti.

— Be', io poi... — disse Bravida... — io sono dell'avviso del signor Baltet. In quelle faccende là ognuno pensa alla sua propria pelle, per dinci! e io capisco perfettamente il colpo di piccone.

— Placido... voi mi fate trasecolare... — esclamò Tartarin severamente. E poi sottovoce, fra carne e pelle: — Comandante, giurammio... l'Inghilterra ci guarda!...

Il prode militare, che dall'escursione di Chillon in poi non aveva ancora digerito la rabbia, fece un gesto che significava: «Me ne... rido, io, dell'Inghilterra...» e avrebbe continuato, e si sarebbe meritato qualche brutale ramanzina dal presidente stomacato di tanto cinismo, quando il giovinetto svedese dagli occhi languidi traboccanti di tristezza e di *kirsch*, cominciò a prender parte alla conversazione. Anche lui opinava che la guida aveva fatto benissimo a tagliare la corda. Liberare dal peso dell'esistenza quattro infelici ancora giovani, vale a dire condannati a rimanere Dio sa quanto tempo in questo mondo... e con un solo gesto renderli al riposo... al nulla!... che azione nobile e generosa!...

Tartarin si scandalizzò.

— Ma come, giovinotto... alla vostra età, parlare della vita con tanta amarezza, con cotesto livore...! E che cosa vi ha ella fatto, la vita?...

— Nulla... m'annoia!...

Era studente di filosofia a Cristiania; e fatto discepolo delle idee dello Schopenhauer e dell'Hartmann, trovava l'esistenza cupa, inutile, caotica. Rasentando già il suicidio, aveva chiuso i libri dietro preghiera de' suoi genitori, e s'era dato a viaggiare, inciampando dappertutto nella medesima noia, nella stessa stupida miseria del mondo. Tartarin e i suoi amici gli sembravano i soli esseri contenti di vivere che avesse incontrati fino ad allora.

Il buon Tartarin sorrideva... «È la schiatta che lo porta, giovanotto. Siamo tutti così, a Tarascona. Quello è il paese del buon Dio. Dalla mattina alla sera si ride, si canta... e tutto il resto del tempo si balla la farandola... a questo modo...». E si mise a ballonzolare trinciando piroette con la grazia, con la leggerezza di uno scarafaggio che spiega le ali.

Gli altri delegati però non avevano i nervi d'acciaio e la vivacità inesausta del loro superiore. Excourbaniès brontolava: «Il presid*einte* ha preso l'aire... ce n'abbiamo fino a mezzanotte!...»

Bravida balzò in piedi risoluto: «Io vado a letto a qualunque costo... la sciatica non mi lascia più requie...». Anche Tartarin, pensando alle fatiche della dimane, consentì a coricarsi; e tutti i Tarasconesi, col candeliere in mano, si avviarono per lo scalone di granito che conduceva alle camere mentre il vecchio Baltet si occupava di preparare le provvisioni, di fissare i muli, di scegliere le guide.

— To'... nevica!...

Fu questa la prima parola che pronunziò Tartarin aprendo gli occhi, e vedendo i vetri ghiacciati e la camera inondata da un riflesso bianco. Ma quando ebbe attaccato il suo specchietto da barba alla spagnoletta della finestra, comprese il suo errore. Era il Monte Bianco sfavillante di luce sotto uno splendido sole, in faccia a lui, che faceva tutto quel chiarore. Aprì la vetrata alla brezza del ghiacciaio, pungente e salubre, che gli portava all'orecchio il tintinnìo delle sonagliere degli armenti e i suoni larghi e gravi del buccino dei pastori. Nell'atmosfera c'era qualche cosa di forte, di pastorale, che non aveva mai respirato nella Svizzera.

Giù nella strada lo aspettava la comitiva delle guide e dei facchini; lo Svedese già montato in sella; e mescolata ai curiosi che facevano circolo intorno, la famiglia intera del pastore evangelico, con tutte le figliuole spettinate, che erano scese per dare un altro *shake hands* generale all'eroe che aveva occupato i loro sogni nella notte.

— Avete un tempo superbo... sbrigatevi!... — gridò l'albergatore col cranio luccicante al sole come un ciottolo. Ma Tartarin ebbe un bell'affrettarsi. Non fu un affare semplice quello di strappare al sonno i delegati che dovevano accompagnarlo fino alla *Pietra Aguzza* dove finisce la strada mulattiera. Non ci furon preghiere né ragionamenti che bastassero a indurre il comandante a lasciare il letto, dove se ne stava rannicchiato col berretto fino agli orecchi e la faccia verso il muro. A tutti i rimproveri del presidente si contentò di rispondere con un cinico proverbio tarasconese: «Chi è creduto mattiniero può dormire il giorno intero...». Quanto a Bompard, esclamava ostinatamente: «Ah sì... il Monte Bianco... bella buffonata!...» e non si alzò che dietro ordine formale del P. C. A.

Finalmente la carovana si pose in cammino, e traversò le straducole di Chamonix in un assetto imponente. Pascalon sul primo mulo, a bandiera spiegata; e ultimo della fila, fra le guide e i facchini aggruppati intorno alla sua mula, il buon Tartarin, più alpinista che mai, con un paio di occhiali nuovi a vetri convessi e affumicati, e la sua famosa corda di Avignone... riconquistata a qual prezzo!...

Guardato da tutti, quasi quanto la bandiera, giubilava nel suo aspetto olimpico, e si divertiva a osservare il lato pittoresco di quelle viuzze di villaggio savoiardo, così diverso dal villaggio svizzero, sempre troppo pulito, troppo lustrato, col colore e l'odore del balocco nuovo, della casina da scatola di giocattoli. A Chamonix c'era invece il contrasto di quelle casupole appena appena elevate da terra accanto ai sontuosi alberghi di cinque piani, le cui insegne rutilanti stonavano come il berretto gallonato d'un portinaio e l'abito nero e gli scarpini di un direttore d'albergo in mezzo alle scuffie savoiarde, alle giacchette di fustagno, e ai cappelloni a larga tesa dei carbonaii. Sulla piazza stavano le carrozze staccate, i legni da viaggio, messi in fila con le carrette del concime; e una mandra di maiali sdraiati al sole dinanzi all'ufficio postale, donde usciva un Inglese, col cappello di tela bianca, con un gran pacco di lettere e un numero del *Times* che leggeva camminando, prima di aprire la corrispondenza. La cavalcata dei Tarasconesi traversava tutto il villaggio e faceva risuonare per ogni dove lo scalpiccio dei muli, e il grido di guerra di Excourbaniès a cui la ricomparsa del sole rendeva l'uso del suo *trombone*. E a cotesti rumori si mesceva quello dei bubboli pastorali agitati dagli armenti in pastura sulle pendici vicine, e il fracasso del torrente che scaturiva dal ghiacciaio, bianco e luccicante, come se travolgesse neve e sole insieme.

Oltrepassato di poco il villaggio, Bompard ravvicinò la sua mula a quella del presidente, e aggrottando le ciglia in modo straordinario, gli disse:

— Tartar*éin*... ho da parlarvi..,.

— Fra un momento... — rispose il P. C. A. impegnato in

una discussione filosofica col giovine svedese di cui tentava combattere il cupo pessimismo, facendogli osservare lo spettacolo meraviglioso che li circondava; quelle pasture striate di ombre e di luce, quelle foreste d'un verde intenso crestate dal vergine candore delle nevi abbaglianti.

Dopo un paio di tentativi per avvicinarsi a Tartarin, Bompard si diede per vinto. Passata l'Arve sopra un ponticello, la carovana era entrata in uno di quei viottoloni sinuosi framezzo agli abeti, dove i muli procedendo uno a uno, seguono con lo zoccolo capriccioso tutte le curve dei precipizi; e i nostri Tarasconesi avevano un bel fare a mantenersi in equilibrio, a forza di «Via dunque... pianino... giurabbrio...» con cui dirigevano l'andatura delle bestie.

Alla capanna della *Pietra Aguzza,* dentro alla quale Pascalon ed Excourbaniès dovevano attendere il ritorno degli ascensionisti, Tartarin occupatissimo a ordinare la colazione, a regolare la marcia delle guide e dei facchini, rimase sordo ai brontolìi di Bompard. Ma — cosa strana che si osservò solamente più tardi — malgrado il bel tempo, il buon vino, e quell'aria così pura a duemila metri sul livello del mare, la colazione fu malinconica. Mentre le guide ridevano e scherzavano alla tavola accanto, quella dei Tarasconesi restava silenziosa, e si sentivano unicamente i rumori del servizio; tintinnìo di bicchieri, acciottolio di stoviglie e di piatti sul piano di legno bianco. Era la presenza di quello Svedese tenebroso, o l'inquietudine visibilissima di Gonzaga, o forse qualche presentimento?... Comunque fosse, la comitiva si ripose in cammino, triste come un battaglione senza fanfara, verso il ghiacciaio dei Bossoms, dove la vera ascensione incominciava.

Posando il piede sul ghiaccio, Tartarin non poté trattenersi dal sorridere, rammentando la sua salita al Guggi e l'avventura dei ferri Kennedy. Che differenza fra un principiante qual era allora, e l'alpinista di prim'ordine che sentiva di essere diventato adesso!... Ben piantato sopra i suoi grossi stivali che il portinaio dell'albergo aveva ferrati la mattina stessa con quattro grossi chiodi, esperto a maneggiare il piccone, è molto se ebbe bisogno della mano d'una guida, più per dirigersi che per sostenersi. Gli occhiali affumicati attenuavano il riverbero del ghiacciaio che una valanga recente spolverizzava di neve fresca; sulla quale si aprivano, qua e colà, sdrucciolevoli e traditrici, delle larghe pozze d'un verde sbiadito... E tranquillo, assicurato per esperienza propria che non c'era nessun pericolo, Tartarin camminava sull'orlo dei crepacci dalle pareti lucenti e lisce sprofondatisi all'infinito; e passava framezzo ai *séracs* con la sola precauzione di non parer da meno dello studente svedese, camminatore intrepido, le cui ghette dalle fibbie d'argento si allungavano nervose e sottili con lo stesso slancio dell'alpenstock che pareva tal e quale una terza gamba.

E continuando fra loro la discussione filosofica, a dispetto delle difficoltà della strada, si sentiva sulla superficie gelata, sonora come il letto d'un fiume, la grossa voce bonacciona ed ansante dell'eroe che diceva:

— Voi mi conoscete, Otto...

Bompard, in tutto questo tempo, incontrava mille disgrazie. Fermamente convinto fino alla mattina stessa che Tartarin non avrebbe mai dato seguito alla sua fanfaronata, e che non salirebbe al monte Bianco come di certo non era salito alla Jungfrau, l'infelice corriere si era vestito come al solito; senza mettere i chiodi agli stivali, e senza nemmeno utilizzare la sua famosa invenzione per ferrare i piedi dei soldati. Non aveva neanche l'*alpenstock,* perché i montanari del Chimborazo non hanno l'abitudine di servirsene. Armato solamente d'un elegante frustino che andava benissimo col soprabito di moda e col cappello a nastro turchino, la vista del ghiacciaio lo atterrì; poiché, malgrado tutte le sue sbravazzate, ognuno capisce bene che l'*impostore* non aveva mai fatto nessuna ascensione. Tuttavia riprese animo osservando dall'alto della morena con che facilità Tartarin girovagava sul ghiaccio e si decise a seguitarlo fino alla fermata dei Grands-Mulets, per passarci la notte. Ma non ci arrivò senza gran fatica. Ai primi passi sdrucciolò sulla schiena… e la seconda volta cadde sulle mani e sulle ginocchia… «No, grazie, l'ho fatto apposta…» diceva alle guide accorse per aiutarlo a rialzarsi… «così, all'americana to'… come al Chimborazo…» E quella posizione sembrandogli più comoda, la serbò, camminando a quattro zampe, col cappello sull'occipite, col soprabito che spazzava la neve come il pelame d'un orso bigio… e calino, con tutto questo, raccontando intorno a sé che nella Cordigliera delle Ande aveva superato a quel modo una montagna di diecimila metri. Non diceva però in quanto tempo… e ci doveva aver messo degli anni, a giudicarne da quella tappa fino ai Grands-Mulets, dove arrivò un'ora dopo Tartarin, tutto impillaccherato di neve fangosa, con le mani gelate sotto i guanti a maglia.

A confronto della capanna del Guggi, quella che il municipio di Chamonix ha fatto costruire ai Grands-Mulets, può passare per un palazzo. Quando Bompard entrò in cucina, dove fiammava un bel fuoco di legna, ci trovò Tartarin e lo Svedese occupati ad asciugarsi gli stivali; mentre l'albergatore — un vecchio secco e robusto, dai lunghi capelli bianchi ricadenti in ciocche — mostrava loro i tesori del suo piccolo museo.

Spaventoso, il piccolo museo!… composto degli avanzi di tutte le catastrofi avvenute al monte Bianco, da più di quarant'anni che il vecchio conduceva l'albergo!… E cavandole fuori dalla vetrina, le illustrava con la narrazione della loro dolorosa istoria… «Pezzi di panno e bottoni di panciotto provenienti dallo scienziato russo precipitato dall'uragano sul ghiacciaio della Brenva… Ossa mascellari di una delle guide della famosa carovana di undici viaggiatori e facchini scomparsi in una bufera di neve…». A quella luce crepuscolare, al pallido riflesso delle chine nevose contro le vetrate, l'esposizione di quelle reliquie mortuarie e la cantilena monotona che le illustrava, avevano qualcosa d'impressionante; tanto più che il vecchio, nei punti patetici, faceva più tenera la sua voce e gemeva spiegando un brandello di velo verde appartenuto a una signora inglese travolta dalla valanga nel 1827.

Tartarin tentava di tranquillizzarsi con le date, di convincersi che a quell'epoca la Società non aveva ancora preparato le ascensioni senza pericolo... Tant'è, quel cantastorie savoiardo gli stringeva il cuore; e uscì fuor della porta per prendere una boccata d'aria.

La notte era discesa, dissimulando i precipizi. I Bossons si rialzavano lì vicini, e tutti lividi; mentre il monte Bianco drizzava la sua cima ancor sfumata in color di rosa, accarezzata dai raggi del sole che non si vedeva più. A quel sorriso della natura il meridionale si sentiva rasserenato, quando l'ombra di Bompard apparve a un tratto accanto a lui.

— Siete voi, Gonzaga!... Be' che mi dite?... Prendo un po' d'aria!... Quel vecchio, co' suoi racconti, mi dava sui nervi!...

— Tartar*éin*... — disse Bompard, tornando al *tu*, e stringendogli il braccio come in una morsa...

— Spero che basti; e che tu non ne faccia altro, di questa ridicola spedizione!...

Il grand'uomo sgranò due occhioni rotondi ed inquieti.

— Ma che mi vai cantando, *presempio!*...

Allora Bompard gli fece un quadro terribile delle mille morti che lo minacciavano: i crepacci, le valanghe, i colpi di vento, i turbini...

Tartarin lo interruppe:

— Via dunque, buffone!... E la Società?... O che dunque il monte Bianco non è organizzato come tutti gli altri?...

— Organizzato?... la Società?... — ripeté Bompard sbalordito, non rammentandosi più una parola della sua tarasconata. E siccome l'altro andava ripetendogliela per filo e per segno: la Svizzera in conto sociale, le montagne appigionate, i crepacci col meccanismo... l'antico gerente si mise a ridere...

— Come! Te la sei bevuta?... Ma era una burletta!... Fra gente di Tarascona, insomma dunque, ci si dovrebbe intendere a mezza bocca...

— Viceversa, allora... — domandò Tartarin tutto sgomento — la Jungfrau non era preparata?
— Ma sei matto, to'...
— E se la corda si rompeva?...
— Ah! povero te!

L'eroe chiuse gli occhi, pallido per un grande spavento retrospettivo, ed esitò per un minuto. Quel paesaggio da cataclisma polare, freddo, buio, accidentato di voragini... le lamentazioni del vecchio albergatore gementi ancora nelle sue orecchie...

«Corpo di fra... me la faresti dire!...» Poi, viceversa, pensò agli amici di Tarascona, alla bandiera che farebbe sventolare lassù in cima... e riflette che con delle buone guida, con un camerata a tutta prova come Bompard... Aveva fatto la Jungfrau... perché non tenterebbe di fare il monte Bianco?...

E posando la sua larga mano sulla spalla dell'amico, cominciò con voce virile:

— Stammi a sentire, Gonzaga...

XIII.

La catastrofe.

Sotto una notte nera nera, senza luna, senza stelle, senza cielo, al chiarore incerto d'una immensa landa di neve, lentamente serpeggia una corda lunga, cui sono attaccate in fila delle ombre piccine e tremanti di paura; precedute a cento metri da una lanterna accesa che fa come una macchia rossa a livello del suolo. Qualche colpo di piccone sonante sulla nave dura, e il ruzzolare dei pezzi di ghiaccio staccati dalla massa, rompono soli il silenzio del sentiero nevoso sul quale i passi della carovana non fanno alcun rumore. Poi di minuto in minuto, un grido, un lamento soffocato, il tonfo d'un corpo caduto sul ghiaccio; e subito dopo un vocione che risponde dall'altro capo della corda:

— Be'... cammina adagio, Gonzaga... Tu cascherai!...

Sì, il povero Bompard si è deciso a seguire Tartarin fino sulla cima del monte Bianco. Dalle due del mattino... e l'orologio del presidente segna le quattro... lo sventurato corriere si avanza tastoni, vero forzato legato alla catena, trascinato, sospinto, barcollante, cadente, costretto a ringoiare le varie esclamazioni che la sua disgrazia gli strappa di bocca, perché la valanga minaccia da tutte le parti, e il più piccolo movimento, la menoma vibrazione di quell'aria cristallina, può determinare una caduta di nevi o di ghiacci. Soffrire in silenzio!... Che supplizio per uno di Tarascona!...

Ma la carovana ha fatto alto. Tartarin domanda che cosa è stato... si sente una discussione a voce bassa concitata... «È il vostro compagno che non vuol venire più avanti...»

risponde lo Svedese. Così l'ordinamento della brigata è rotto, la catena umana si spezza, torna addietro... ed eccoli tutti sull'orlo di un crepaccio enorme che i montanari chiamano *roture*. Gli altri si sono attraversati per mezzo di una scala a pioli, gettata come un ponte, su cui si passa camminando con le mani e le ginocchia; questo, troppo largo e dalla parte opposta elevato a un'altezza di ottanta o cento piedi, non si può superare allo stesso modo. Bisogna scendere in fondo al pozzo che va restringendosi, per mezzo di intaccature scavate a punta di piccone, e risalire dalla parte opposta con uguale sistema. Bompard però si rifiuta ostinatamente.

Chino sull'abisso che l'oscurità fa parere senza fondo, egli guarda agitarsi nel vano la piccola lanterna delle guide che preparano il cammino. Tartarin, poco tranquillo anche, per conto suo proprio, cerca di darsi coraggio eccitando l'amico: «Via dunque, Gonzaga, su...» e sottovoce lo rampogna; invoca il nome di Tarascona, l'onore della bandiera, la riputazione del Club delle Alpine...

— Il Club to'... ma io non sono socio!... — risponde l'altro senza vergogna.

Allora Tartarin gli spiega che sarà aiutato a posare i piedi sugli scalini, che non c'è niente di più facile...

— Per voi, può darsi; ma per me...

— Ma, giurabbrio! hai sempre detto che avevi l'abitudine...

— Di certo gua'... l'abitudine... ma quale abitudine?... Ne ho tante io... l'abitudine di fumare, quella di dormire...

— Quella di mentire specialmente... — interrompe il presidente.

— Diciamo: d'esagerare, ecco!...

Tale fu la risposta di Bompard, che non si vergognò né punto né poco...

Tuttavia dopo molte tergiversazioni, la minaccia di lasciarlo così solo lo decise a scendere lentamente, con mille precauzioni, quella specie di scala improvvisata... Risalire era più difficile; la parete opposta presentandosi liscia come un marmo e più alta della torre del Re Renato a Tarascon. Di giù in basso, il lumicino delle guide pareva una lucciola vagabonda. Pure bisognava farsi coraggio… la neve sotto i piedi non era solida; si sentivano dei *giù giù* di ghiaccio strutto o d'acqua nascosta, intorno ad una larga apertura che s'indovinava meglio che non si vedesse a' piedi dello scoscendimento, e che spingeva in alto il suo soffio gelato di abisso sotterraneo.

— Adagio, adagio, Gonzaga… Bada dove metti i piedi…

Cotesta frase, che Tartarin proferiva con una voce affettuosa e come supplichevole, prendeva un significato più solenne per la posizione rispettiva degli ascensionisti, arrampicati allora coi piedi e con le mani, uno sotto l'altro e legati insieme dalla corda e dalla uniformità dei movimenti; di guisa che la caduta o l'imprudenza di uno solo li metteva in pericolo tutti. E qual pericolo, mondo scellerato!… Bastava sentire con che fracasso rotolavano e rimbalzavano già i pezzi di ghiaccio nell'eco della caduta per il fondo del precipizio ignoto e nero… e immaginarsi quale fauce di mostro era aperta a inghiottire il disgraziato che facesse un passo falso.

Be'… che c'è di nuovo?… C'è che lo Svedese lungo lungo, collocato precisamente al di sopra di Tartarin, si è fermato a un tratto, e coi suoi tacchi ferrati tocca il berretto del P. C. A. Le guide urlano: e Avanti!…» e il presidente grida: «Su, su, giovinetto..'.» Ma, quello non si muove. Dritto come un fuso, reggendosi con una mano sola così alla sbadata, lo Svedese si spenzola, in avanti, e la luce mattutina sfiora quella sua barbetta rada, illuminando la strana espressione degli occhi dilatati; mentre egli fa cenno con la mano a Tartarin:

— Che bel salto eh!… se lasciassi andare la corda…!

— Per brio!… lo credo!… Ma ci trascinereste giù tutti!… Montate, via, su!…

E l'altro immobile continuando:

— Bella occasione per farla finita coll'esistenza, per rientrare nel nulla dentro alle viscere della terra, rotolando di abisso in abisso, come questo pezzo di ghiaccio che spingo fuori col piede… — E si china orribilmente nel vuoto per seguitare coll'occhio la massa ghiacciata, che rimbalza e rimbomba lungamente nel buio.

— Sciagurato!… badate a quel che fate!… — urla Tartarin livido di spavento. E aggrappato disperatamente alla parete che dimoia, riprende con molto ardore la tesi del giorno innanzi in favore della vita… — Ma ha del buono, che diavolo!… Alla vostra età… un bel giovane come voi!… Ma, o che non ci credete, voi, all'amore?…

No… lo Svedese non ci crede. L'amore ideale, per lui, è una menzogna di poeti; quell'altro è un bisogno ch'egli non ha mai provato…

— Via dunque, be' come volete voi… È un po' vero che i poeti sono un po' tutti di Tarascona… dicono sempre più della verità; ma pure, via, son carine le *femmine*, come chiamano le signore da noi. E poi vengono i bambini, più carini ancora, che vi somigliano…

— Oh! sì, i bambini… Una sorgente di dolori. Dal giorno che mi fece, mia madre non ha cessato di piangere.

— Sentite, Otto… voi mi conoscete, amico mio…

E con tutta la fervente espansione dell'anima sua, Tartarin si affanna a rinvigorire, a frizionare da lontano, quella vittima dello Schopenhauer e dell'Hartmann… due pagliacci che vorrebbe avere fra le mani in mezzo a un bosco, mondo birbone! per far pagar loro tutto il male che hanno fatto alla gioventù.

Immaginate voi, durante questa discussione filosofica, l'alta muraglia di ghiaccio, fredda, livida, grondante, sfiorata da un debole raggio di luce; e quella stidionata di corpi umani appiccicati sopra, gradino per gradino, col sinistro gorgogliare che sale di giù dalla profondità spalancata e biancastra. E le imprecazioni delle guide, e le loro minacce di tagliar la corda e di abbandonare i viaggiatori!… Alla fine, Tartarin, vedendo che nessun ragionamento vale a convincere quel pazzo e a dissipare quella vertigine di morte, gli suggerisce l'idea di precipitarsi dalla più alta cima del monte Bianco…

Ah! di lassù si capisce!... Meno male... ne varrebbe la pena!... Sarebbe un bel finire, negli elementi!... Ma lì, dove erano, come in fondo a una cantina... Ah, chéh!... Una buffonata unica!...

E ci mise tanto fuoco, un accento così energico e persuasivo, una convinzione tale, che lo Svedese si lasciò persuadere... Così tutti, uno alla volta, arrivano sani e salvi fuori della terribile *roture*.

Staccata la corda, ognuno sedette a terra per bere un sorso e mandar giù un boccone. Intanto era venuto il giorno... scuro, opaco, sopra un panorama grandioso di picchi e di cime dominate dal monte Bianco, lontano ancora più d'un chilometro e mezzo. Le guide in disparte chiacchieravano e si mettevano d'accordo con certi scrolli di testa... Sul terreno tutto bianco, accovacciati e chinati, con le spalle rotonde sotto la giacchetta bruna, parevano tante marmotte vicine a rifugiarsi sotto terra per passare l'inverno. Bompard e Tartarin, agitati, infreddoliti, lasciarono solo a mangiare lo Svedese e si ravvicinarono al gruppo, giusto al momento in cui il capo delle guide diceva gravemente:

— Il mal'è che fuma la pipa... non si può dire di no...

— Chi fuma!... chi è che fuma la pipa?... — domandò Tartarin.

— Il monte Bianco, signore... Guardi...

E mostrò su in vetta, al culmine della montagna, come un pennacchietto di fumo bianco che moveva verso l'Italia.

— Viceversa poi, caro amico, quando il monte Bianco fuma la pipa, che significa, si può sapere?...

— Significa che lassù ci tira un vento indiavolato; che ci si scatena una tempesta di neve... e che la sentiremo arrivare addosso a noi fra non molto. E capirà... son cose pericolose!...

— Torniamo addietro... — disse Bompard, diventato verde.

E Tartarin aggiunse:

— Sicuro... ma di certo... senza nessuna superbia sciocca.

Ma ci entrò di mezzo lo Svedese. Lui aveva pagato per esser guidato al monte Bianco, e nessuno al mondo gl'impedirà di arrivarci.. Se nessuno lo vorrà accompagnare, andrà solo... «Vigliacchi!... vigliacchi!...» gridò apostrofando le guide; e ripetendo l'ingiuria con la medesima voce di fantasma con cui un momento prima si eccitava al suicidio.

— Adesso vedrete voi se siam vigliacchi. Animo! ognuno si attacchi alla corda... e avanti! — gridò il capo-guida.

Questa volta Bompard protestò con tutta la forza. Ne aveva assai, voleva esser ricondotto indietro. E Tartarin lo sosteneva con gran calore:

— Si capisce perfettamente che quel signore è pazzo... — gridava accennando allo Svedese già avviato a passi di carica, sotto i fiocchi di neve che il vento già incominciava a mulinare da tutte le parti.

Ma ormai nulla poteva trattenere quegli uomini che erano stati trattati di vigliacchi. Le marmotte si erano svegliate, eroiche; e Tartarin non poté ottenere nemmeno un facchino che riaccompagnasse lui e Bompard ai Grands-Mulets. Ma, gli dissero, non c'è da sbagliare... sempre a diritto per tre ore di cammino, salvo una deviazione di venti minuti per girare intorno alla *roture* se il ripassarla dava loro troppo pensiero.

— Sicuro, giurabbrio, che ci dà pensiero... — disse Bompard senza ombra di pudore, e le due comitive si separarono.

I Tarasconesi, rimasti soli, mossero il piede con ogni precauzione sul deserto di neve, attaccati alla medesima corda, Tartarin avanti, tastando gravemente il terreno col piccone, tutto compreso della propria responsabilità, e cercando in quella un motivo di coraggio...

— Via dunque... forza... sangue freddo... e ce la caveremo!... — gridava ogni momento, rivolto a Bompard. Così l'ufficiale, in battaglia, scaccia la paura che ha, alzando in alto la sciabola, e gridando ai soldati:

— Avanti, sacristia!... tutte le palle non ammazzano!...

Finalmente giunsero all'orlo di quel crepaccio spaventoso,

dalla parte donde prima erano discesi. Di lì ai Grands-Mulets non c'erano altri ostacoli da metter paura... ma il vento soffiava e li accecava mulinando la neve. Camminare era impossibile sotto pena di smarrire la strada.

— Fermiamoci un momento... — disse Tartarin.

Un *sérac* di ghiaccio gigantesco offriva loro un asilo alla base. Ci si insinuarono sotto, stesero per terra la coperta del Presidente foderata di cauciù, e stapparono la fiaschetta del rhum; sola provvisione che le guide non avessero portato via. Sentirono allora un po' di caldo e una sensazione di benessere; mentre da lontano l'eco dei colpi di piccone sempre più deboli che suonavano sulla montagna li avvertiva del cammino della spedizione. Quel rumore ripiombava sul cuore del P. C. A. come un rimorso di non aver fatto il monte Bianco fino alla cima.

— E chi lo saprà?... — osservò Bompard cinicamente. — I facchini hanno portato seco loro la bandiera. Da Chamonix crederanno che siamo noi.

— Dici bene, gua'... l'onore di Tarascona è salvo... — concluse Tartarin in tono di profonda convinzione.

Ma gli elementi scatenati imperversavano; il vento diventava uragano; la neve mulinava a mucchi.

I due amici tacevano tormentati da idee lugubri e scoraggianti. Si rammentavano il reliquario del vecchio albergatore, la vetrina del museo, le sue lamentevoli istorie, la leggenda del viaggiatore americano ritrovato in un pozzo, pietrificato dal freddo e dalla fame, tenendo nelle mani un taccuino dove aveva scritto le sue lunghe angosce fino all'ultima convulsione che gli fece cadere il lapis a terra e confuse la firma in uno sgorbio.

— Hai addosso un taccuino, Gonzaga?

E l'altro che intese senza spiegazione:

— Un taccuino?... un accidente!... Se tu credi che io voglia rimaner qui ad aspettar di morire, come l'americano!... Presto, andiamocene, usciamo di qui sotto...

— Impossibile!... Al primo passo il vento ci porterebbe via come pagliuzze, per iscaraventarci in qualche precipizio...

— Ma allora bisogna chiamare... l'albergo non è lontano, qualcheduno ci sentirà...

E Bompard in ginocchio, con la testa fuori della caverna di ghiaccio, nella posizione d'un animale al pascolo che mugge all'aria aperta, urlò con quanto fiato aveva in corpo:

— Soccorso, aiuto!...

— All'arme!... — gridò a sua volta Tartarin con le sue note più altitonanti, che la grotta ripeté col fracasso del tuono...

Bompard lo afferrò per un braccio:

— Corpo di fra de Dina... il *sérac*...

Positivamente tutta la massa aveva dato un crollo.

Un altro soffio, e quel cumulo di ghiacci conglobati piomberebbe sulle loro teste!... Rimasero lì, annichiliti, ammobili, avviluppati nel silenzio spaventoso; rotto ben presto da uno scroscio lontano che si avvicina, si allarga, invade l'orizzonte, e di abisso in abisso va a quotarsi sotto terra.

— Povera gente!... — mormorò Tartarin pensando allo svedese e alle guide, senza dubbio presi e portati via dalla valanga.

E Bompard tentennando la testa:

— Neanche noi stiamo meglio di loro...

Di fatti stavano in una situazione disperata, paurosi di rimanere sotto la loro caverna di ghiaccio, e più paurosi ancora di arrischiarsi ad uscirne fuori sotto la bufera.

Per mettere il colmo allo spavento, dal fondo della valle giunse fino a loro un ululato di cani, funebre, lungo, ostinato.

Tartarin, cogli occhi gonfi, con le labbra tremanti, afferrò ambedue le mani del suo compagno, e guardandolo dolcemente, gli disse:

— Ti chiedo perdono, Gonzaga... sì, ti chiedo perdono. Un momento fa, ti ho trattato male... Ti ho dato del bugiardo...

— Uhm! gua'... che male c'è!...

— Io avevo meno diritto di qualunque altro per farti certi

rimproveri... io che ho detto tante bugie nella mia vita!... E in quest'ora suprema sento il bisogno di sbottonarmi, di levarmi il peso di sullo stomaco, di confessare... pubblicamente... le mie imposture.

— Tu... impostore?...

— Stammi a sentire, amico... Prima di tutto... leoni... io non ne ho ammazzati mai!...

— Me l'aspettavo... — disse tranquillamente Bompard. — Ma non c'è bisogno di tormentarsi per così poco... È il nostro sole che fa quest'effetto!... Noi si nasce bugiardi!... To', io, *presempio*... Ho mai eletto la verità, io, da che sono al mondo?... Appena apro bocca, il mezzogiorno mi ritorna in su come un... singhiozzo. Le persone che cito, io non le ho mai vedute; i paesi che nomino, io non ci sono mai andato... e l'insieme è diventato un tale imbroglio d'invenzioni che io stesso non mi ci raccapezzo più.

— Ci ha colpa l'immaginazione, to'... — sospirò Tartarin... — noi si dice le bugie per immaginazione.

— E son bugie, viceversa, che non hanno mai fatto male a nessuno... Mentre invece un tristo, un invidioso, come Costecalde...

— Non mi nominare mai quel miserabile!... — interruppe il P. C. A., assalito da un subitaneo accesso di bile... — Giurammio!... è un bel rompimento di scatole... (qui si fermò ad un gesto esterrefatto di Bompard...) Ah! sì... il *sérac*... — E abbassò il tono della voce, obbligato a masticare la collera fra i denti, continuando le sue imprecazioni coi più grotteschi contorcimenti di bocca... — un bel rompimento di scatole, quello di morire nel fior dell'età, per colpa d'un furfante che in questo momento prende forse il suo caffè in una bottega della Circonvallazione.

Ma intanto che Tartarin fulminava il nemico lontano, l'aria a poco a poco cominciò a schiarire. Non tirava più tanto vento, non nevicava più; e larghi spazi azzurri si aprivano nel grigio del cielo.

— Via, presto... avanti... — E riattaccati alla corda

ambedue, Tartarin, che camminava innanzi come prima, si volse indietro con un dito sulle labbra, e disse a Bompard:

— Del resto, Gonzaga, tutto quel che s'è raccontato qui, resti fra noi...

— To'... s'intende...

E animati da nuovo ardore ripresero la via, affondando fino al ginocchio nella neve recente che aveva cancellato sotto il suo bianco lenzuolo le orme già segnate dalla carovana nel suo passaggio. Perciò Tartarin ricorse alla bussola, una volta ogni cinque minuti; ma cotesta bussola tarasconese, abituata ai climi caldi, fu certo colpita di congelazione quando ebbe provato il clima della Svizzera. L'ago giuocava ai quattro cantoni, pazzo, agitato, incerto... e quei due camminavano a caso, sempre a dritto, aspettando di veder sorgere a un tratto le rupi nere dei Grands-Mulets nell'uniforme bianchezza che li circondava, in picchi, in guglie, in rocce deformi; e li spaventava perché poteva nascondere le più pericolose fenditure sotto i loro piedi.

— Sangue freddo, Gonzaga, sangue freddo!

— È proprio quello che mi manca.,. — rispose gemendo Bompard... — Ahi!... il mio piede... la mia gamba!... O Dio, siamo perduti... non arriveremo mai più!...

Così camminarono circa due ore... quando a mezzo d'una traversata di ghiaccio durissimo e difficile a superare, Bompard esclamò sbalordito:

— Tartar*éin*... ma qui si monta...

— To'... me ne sono accorto anch'io che si monta!... — rispose il P. C. A., vicino a perdere la tramontana.

— Viceversa, a parer mio si dovrebbe scendere!...

— Eh gua'... lo so... ma che vuoi che ci faccia, io!... Proviamo a montare fino lassù in cima, forse la strada scenderà da quell'altra parte.

E scendeva difatti, la strada... e scendeva spaventevolmente, per una serie infinita di nevai e di ghiacciai quasi a picco; e laggiù in fondo, dietro a quello scintillìo di superfici luccicanti, una capanna nera si scorgeva, messa in bilico sopra una rupe, a tale distanza in basso che si sarebbe creduta inaccessibile. Era un rifugio cui bisognava giungere prima di notte, giacché la vera direzione dei Grands-Mulets era smarrita. Ma come giungervi... e a prezzo di quali fatiche, di quali pericoli forse!...

— Soprattutto, dico... non mi lasciare andare, veh! Gonzaga!...

— Tienmi forte, Tartar*éin*!...

Queste ultime raccomandazioni sé le scambiarono senza vedersi; separati com'erano da una cresta di ghiaccio, dietro alla quale Tartarin era scomparso cercando la via per salire, mentre l'altro, dalla parte opposta, indagava la strada per discendere... tutti e due lentamente e con paura. Non si parlavano più, concentrando l'attenzione e le forze nel muoversi, per timore d'un passo falso o d'uno sdrucciolone. Tutto ad un tratto, a un metro appena di distanza dalla cresta, Bompard sentì un grido terribile del suo compagno; e nel tempo medesimo la corda si tese con una scossa violenta e disordinata. Volle resistere... volle aggrapparsi a qualche cosa per fermare l'amico sul precipizio... Ma la corda era vecchia, di certo... perché nello sforzo si ruppe improvvisamente...

— Caspio!...

— Corbezzole!...

Quelle due esclamazioni si incrociarono per aria, alte, sinistre, strazianti... Poi il silenzio e la solitudine... una calma spaventosa, una calma di morte, che nulla turbò più nell'ampia distesa delle nevi immacolate.

Verso sera, un uomo che somigliava vagamente a Bompard, uno spettro coi capelli ritti, infangato, grondante, arrivava all'albergo dei Grands-Mulets, dove fu frizionato, riscaldato, coricato in un letto, prima che potesse pronunziare altre parole che queste, interrotte da lagrime, e da pugni scagliati verso il cielo: «Tartarin... perduto... rotta la corda...».

Finalmente si poté capire la grande disgrazia ch'era avvenuta.

Mentre il vecchio albergatore si lamentava e aggiungeva

un nuovo capitolo alla leggenda della montagna, aspettando di arricchire il suo museo con altre recenti reliquie, lo Svedese e le sue guide, ritornati dalla loro spedizione, partivano alla ricerca dell'infelice Tartarin, con corde, scale, torce a vento, tutto il materiale d'un salvamento... che riuscì, pur troppo, infruttuoso. Bompard, rimasto come abbrutito, non poteva fornire alcun indizio preciso sul dramma, né sul luogo ov'era avvenuto. Si trovò soltanto, al *Dome du Goüter*, un pezzo di corda rimasto preso in uno scheggione di ghiaccio. Quella corda però — cosa singolare — era tagliata da tutte e due le cime con uno strumento tagliente. I giornali di Chamonix ne pubblicarono un fac-simile. Finalmente, dopo otto giorni di gite, di ricerche coscienziose, quando si acquistò la convinzione che il povero presidente era introvabile, perduto senza remissione, i commissari disperati ripresero la strada per Tarascona, riconducendo seco loro Bompard, il cui cervello sgangherato serbava le tracce d'una scossa terribile.

— Non me ne parlate... non me ne parlate!... — rispondeva sempre quando il discorso cadeva sulla catastrofe — non me ne parlate mai più!...

Ah! pur troppo il Monte Bianco aveva voluto un'altra vittima... E qual vittima, Dio mio!...

XIV.

Epilogo.

Località più impressionabili di Tarascona non ce n'è mai state in nessun paese del mondo. Qualche volta, di domenica, dopo le funzioni — con tutta la città in passeggiata, i tamburini in giro, il Corso popolato e tumultuoso, pieno di sottane verdi o rosse, di pettorine arlesiane, e sui cartelloni di tutti i colori l'annunzio delle lotte per uomini e *mezzi-uomini* e delle corse di tori della Camarga — basta la voce d'un burlone che gridi: «Bada al cane!...», oppure: «È scappato un bue!...», perché tutti fuggano, urtandosi spaventati, chiudendo le porte a catenaccio, sbatacchiando le finestre come al soffio dell'uragano... E Tarascona rimane deserta, muta, senza un gatto, senza uno strepito; le cicale stesse, sugli alberi, se ne stanno silenziose ed immobili.

Tale era l'aspetto della città quella mattina, sebbene non fosse né domenica né festa. Le botteghe chiuse, le case sbarrate; le piazze e le piazzette fatte come più larghe dal silenzio e dalla solitudine. *Vasta silentio;* dice Tacito parlando di Roma al tempo dei funerali di Germanico; e quella citazione della Roma in corruccio si attaglia tanto più esattamente a Tarascona, in quanto appunto un servizio funebre si celebrava in quel momento nella Cattedrale per l'anima di Tartarin; e la popolazione in massa piangeva il suo eroe, il suo nume, il suo invincibile dai muscoli doppi, rimasto nei ghiacciai del Monte Bianco.

Ora, mentre la campana che suonava a morto

sparpagliava i suoi lugubri rintocchi per le strade deserte, la signorina Tournatoire, la sorella del medico, trattenuta in casa dalle sue condizioni di salute, e annoiata nella sua poltrona posta contro la finestra, guardava fuori per distrarsi e stava a sentire lo scampanìo. La casa Tournatoire si trova sulla strada maestra d'Avignone, quasi in faccia alla casa di Tartarin. E la vista di quell'abitazione di cui il proprietario non doveva ritornare mai più, e il cancello del giardino chiuso per sempre... tutto, perfino le cassette dei lustrascarpe savoiardi messi in fila accanto all'uscio... tutto faceva traboccare il cuore di quella povera ragazza inferma, da più di trent'anni segretamente innamorata dell'eroe tarasconese. O misteri dell'anima di una vecchia zitella!... La sua consolazione era di fargli la posta dalla finestra quando egli passava alle ore solite; e di domandare a sé stessa: dove va?... di osservare i suoi cambiamenti di vestiario, quando usciva con la giacchetta da alpinista, o quando veniva fuori con la elegante giacchetta verde serpente. E adesso non lo vedrebbe più mai... e le mancava perfino l'ultima consolazione di andare in chiesa a pregare per lui, come tutte le signore della città!...

Ad un tratto la lunga faccia di cavallo bianco della signorina Tournatoire si colorì leggermente; gli occhi spenti, orlati di rosso, si dilatarono in modo inusitato, mentre la sua mano secca, tramata di vene salienti, si mosse ad un gran segno di croce... Lui!... era lui!... che rasentava il muro dalla parte opposta del selciato!... Sulle prime sospettò che fosse un'allucinazione diabolica. Ma no... era proprio Tartarin, in carne ed ossa, solamente un po' dimagrato, pallido, meschino, cencioso, che si teneva lungo il muro come un accattone o come un ladro. Ma per ispiegare la furtiva presenza di lui a Tarascona, bisogna ritornare al monte Bianco, al *Dôme du Goûter*, nel momento preciso in cui — trovandosi i due amici ciascuno da un lato opposto della rupe — Bompard sentì la corda che li legava attesarsi improvvisamente, come per la caduta di un corpo.

In realtà invece, la corda era rimasta presa fra due massi

di ghiaccio; dimodoché anche Tartarin dall'altra parte sentì la medesima scossa, e credette egli pure che il suo compagno cadesse e lo trascinasse nella sua caduta...

Allora, in quel minuto supremo... come si fa a dire certe cose... Dio mio... nell'angoscia dello spavento tutti e due, dimenticando il giuramento solenne scambiato all'albergo Baltet, con lo stesso movimento, col medesimo gesto istintivo... tagliarono la corda; Bompard col coltello, Tartarin con un colpo di piccone... Poi, raccapricciando per il delitto commesso, ciascuno dei due convinto di aver sacrificato l'amico, fuggirono per direzioni opposte.

Quando lo spettro di Bompard comparve ai Grands-Mulets, quello di Tartarin arrivava alla trattoria dell'Avesailles. Come fu?... per qual miracolo, dopo quante cadute, con quanti sdruccioloni?... Il monte Bianco solo l'avrebbe potuto dire; perché il povero P. C. A. rimase due giorni in un abbrutimento totale, incapace di formare il minimo suono articolato. Appena fu possibile, lo fecero trasportare a Courmayeur... che è lo Chamonix italiano. Nell'albergo in cui fu ricoverato per finire di rimettersi in salute, non si parlava che di una catastrofe terribile avvenuta sul monte Bianco, tal e quale come la disgrazia del Cervino... un alpinista inghiottito dall'abisso, per la rottura della sua corda.

Convinto che si trattava di Bompard, e divorato dai rimorsi, Tartarin non ardiva più né raggiungere la Commissione, né ritornare al suo paese. Già in anticipazione leggeva su tutte le bocche e in tutti gli occhi. «Caino!... che facesti del fratel tuo?...». Pure, finiti i quattrini, consumata la biancheria, venuti i freddi di settembre che sgombravano gli alberghi, bisognò un giorno rimettersi in cammino. Alla fine poi nessuno l'aveva veduto commettere il delitto!... Chi poteva impedirgli d'inventare un racconto qualunque?... E le distrazioni del viaggio aiutando la convalescenza, l'eroe cominciava a ristabilirsi per davvero. Ma avvicinandosi a Tarascona, quando sul cielo azzurro vide la linea iridata e ondulante delle Alpine, tutto lo invase da capo, vergogna, rimorso, paura della giustizia; e per evitare la pubblicità di un arrivo in piena stazione della ferrovia, scese all'ultima stazione, prima di Tarascona.

Ah!... chi l'avrebbe riconosciuto su quella bella strada maestra tarasconese, bianca, abbagliante di sole e di polvere, senz'altra ombra che quella dei pali e dei fili telegrafici; su quella bella strada trionfale dov'era passato tante volte alla testa de' suoi alpinisti e de' suoi cacciatori di berretti!... Chi lo avrebbe riconosciuto, lui, il valoroso, l'elegante, sotto quei cenci sudici e strappati, e con quell'occhio sospettoso di vagabondo che si studia di scansare i gendarmi!... L'aria era calda, non ostante che la stagione fosse piuttosto avanzata; e la fetta di cocomero che comprò da un fruttaiuolo gli parve deliziosa a mangiare dietro l'ombra corta del carrettone, mentre il contadino bestemmiava contro le massaie di Tarascona, che quella mattina non erano venute al mercato, «a motivo d'una messa funebre che si cantava per uno del paese, perduto in un buco, laggiù nelle montagne...».

— To'... le campane che suonano... Si sentono di qui.

Non c'era più dubbio!... Quello scampanìo mortuario propagato per la campagna deserta dal tepido venticello... era per Bompard!

Quale accompagnamento al ritorno del grande uomo nella sua patria!...

Un minuto dopo, quando, aperto e chiuso rapidamente sopra di sé il cancello del giardino, Tartarin si trovò nel suo giardino e vide i viali angusti orlati di bosso tutti puliti e rastrellati, la vasca, lo zampillo dell'acqua, i pesci rossi guizzanti al rumore della ghiaia smossa da' suoi passi, e il baobab gigante nel suo vaso da fiori... un benessere delizioso, il calduccio del suo covo da coniglio lo avviluppò come una materassa di piuma dopo tanti pericoli e tante avventure.

Ma le campane... quelle maledette campane raddoppiarono il fracasso; e quel diluvio di note sonore gli ricadde di nuovo sull'anima. Anche le campane gli dicevano in tono funebre: «Caino, che facesti del fratel tuo?...

Tartarin, che hai tu fatto di Bompard?...» E allora, senza il coraggio di muoversi, seduto sull'orlo rovente della vasca, rimase lì, annichilito, inabissato... con gran meraviglia dei pesci rossi!...

Ma lo scampanìo è terminato. Il portico della cattedrale, così rumoroso un momento fa, è restituito al borbottio della vecchia mendicante seduta a sinistra, e all'immobilità dei suoi santi di pietra. Finita la cerimonia religiosa, tutta Tarascona si è recata in massa al Club delle Alpine, dove, in adunanza solenne, Bompard deve recitare il racconto della catastrofe, descrivere gli ultimi aneliti del P. C. A.

Oltre i soci del Club, molte persone privilegiate dell'esercito, del clero, dell'aristocrazia, dell'alto commercio, avevano preso posto nel salone delle conferenze, le cui finestre spalancate permettevano alla fanfara municipale, collocata giù in basso nel cortile, di alternare qualche sinfonia eroica o flebile coi discorsi degli oratori. Una folla enorme si accalcava intorno ai suonatori, alzandosi in punta di piedi, col collo teso, tentando di acchiappare per aria qualche ritagliuzzo della seduta. Ma le finestre erano troppo alte, non si sarebbe avuto nessuna idea di quel che accadeva là dentro, senza due o tre monelli arrampicati sui rami dei platani; i quali gettavano di lassù le indicazioni e le notizie, come si gettano i noccioli di ciliegia dalla cima d'un albero, quando si è mangiato il frutto.

— Gua', Costecalde che si sforza per piangere!... Ah! birbaccione... è lui che tiene la presidenza oggi... E il povero Bézuquet, come si soffia il naso! come ha gli occhi rossi!... To'... hanno messo il bruno alla bandiera!... Ecco Bompard che si avanza verso la tribuna... coi tre delegati... e posa certa roba sul banco della presidenza... Ah!... adesso parla... Deve dire delle gran belle cose... perché tutti mandan giù lagrimoni!...

L'emozione infatti diventava generale a misura che Bompard procedeva innanzi nella sua fantastica narrazione. Ah! la memoria gli era ritornata... e l'immaginazione, non si scherza!...

Dopo aver dipinto a vivissimi colori la più alta cima del monte Bianco, sulla quale lui, Bompard, e il suo illustre compagno Tartarin erano arrivati senza guide — perché tutti a causa del cattivo tempo, esterrefatti, si erano rifiutati di seguirli — soli, con la bandiera spiegata, per cinque minuti sul picco più elevato d'Europa; raccontava adesso — e con qual tremito nella voce! — la perigliosa discesa e la caduta... Tartarin travolto in fondo ad un crepaccio; e lui Bompard, attaccato per esplorare il precipizio in tutta la sua estensione, a una corda di duecento piedi di lunghezza...

— Più di venti volte, o signori... ma che dico?... più di cento volte ho scandagliato da cima a fondo quell'abisso di ghiaccio, senza potere arrivare fino al nostro infelice presidente, di cui però mi fu dato verificare il passaggio dai pochi avanzi rimasti attaccati alle scaglie e alle punte della rupe di gelo...

E così parlando, espose sul banco della presidenza un frammento d'osso mascellare, qualche pelo di barba, un brano di panciotto, una fibbia da pantaloni... pareva tale e quale il museo funebre dei Grands-Mulets.

Dinanzi a quella mostra, le manifestazioni di dolore dell'assemblea non ebbero più freno, né misura. Financo i cuori più duri, gli stessi partigiani di Costecalde, e i personaggi più gravi come il notaro Cambalalette e il dottor Tournatoire versavano effettivamente lagrime grosse come tappi di bottiglia. Le signore invitate alzarono grida strazianti, superate solo dai singhiozzi reboanti di Excourbaniès e dai belati di Pascalon, mentre la marcia funebre suonata dalla fanfara accompagnava quei gemiti con le sue note malinconiche e basse.

Allora, quando vide che l'emozione e la nervosità toccavano il parossismo, Bompard diede termine al suo discorso con un gran gesto di commiserazione verso le reliquie conservate nei barattoli come corpi di delitto:

— Ed ecco qua, miei signori e cari concittadini, tutto quello che ho potuto ritrovare e raccogliere del nostro illustre e compianto presidente... Il resto ce lo renderà il ghiacciaio fra quarant'anni...

Stava per incominciare, per le persone ignoranti, la spiegazione della recente scoperta fatta sull'avanzarsi regolare e periodico dei ghiacciai; ma il rumore della porticina di fondo lo interruppe... qualcuno entrava... Tartarin, più pallido di un'apparizione dell'Home, apparì giusto di fronte all'oratore...

— Gua'... Tartarin!...

— To'... Gonzaga!...

E quella schiatta tarasconese è così singolare, così accessibile ai racconti fantastici, alle bugiarderie audaci e prontamente smentite, che l'arrivo del grande uomo, i cui miserabili avanzi giacevano tuttavia sul banco della Presidenza, non produsse nella sala che un mediocre stupore.

— Via dunque... è stato uh malinteso!... — disse. Tartarin sollevato, sfavillante di gioia, posando la mano sulla spalla dell'uomo che credeva di avere ucciso. — Ho fatto il monte Bianco da tutte e due le parti. Salito per un versante sono disceso per l'altro; e questo ha reso credibili tutte le voci della mia sparizione...

Non confessava però che il secondo *versante* lo aveva fatto scivolando su l'osso sacro.

— Diavolo di un Bompard!... — disse Bézuquet.

— Ci aveva messi sossopra col suo racconto!...

E qui risate, strette di mano, abbracciamenti; mentre la fanfara di fuori — che si era tentato invano di far tacere — continuava a suonare la marcia funebre di Tartarin.

— Ma guardate Costecalde... è giallo come un limone!... — mormorava Pascalon nell'orecchio a Bravida, indicandogli l'armaiuolo che si alzava per cedere il seggiolone all'amico presidente, la cui bella faccia di galantuomo risplendeva di gioia.

Bravida, sempre sentenzioso, rispose sottovoce guardando Costecalde decaduto e rimesso al suo posto subalterno:

— La fortuna di prete Macario; da curato divenne vicario!...

E continuò la seduta…

FINE.

Printed in Germany
by Amazon Distribution
GmbH, Leipzig